冷徹社長と子づくり婚

～ホテル王は愛の証が欲しくてたまらない～

m a r m a l a d e b u n k o

JN052468

マーマレード文庫

先日訪れた女性客は「まるで貴族のお屋敷のようですね」と喜んでくれたっけ。クラシカルな洋風のインテリアがそう感じさせるのだろう。ムーディーでどこかノスタルジック。落ち着くと評判だ。

接客時の服装も、雰囲気を損ねてしまわないように気をつけている。シックなブラウスにロングスカート、胸当てエプロンはブラック一色。癖の入った茶色の髪は、邪魔にならないようサイドで結んでいる。

平日の十七時。近所に住む常連客は家路につき、客足が途絶え穏やかな時間が流れる。気まぐれに訪れるお客さまを待ちながら、閉店の十九時に向けて洗い物や簡単な掃除を済ませる。

普段であれば、このまま閉店時間を迎えるのだけれど。

この日、リンリンと軽快に鳴り響いたドアベルが、新たなお客さまの来店を告げた。条件反射のように「いらっしゃいませ！」と声をかけ、入口のドアに視線を向けると。

――わぁ……。

思わず心の中で感嘆の声を上げた。その男性の纏《まと》う空気があまりに優雅だったから。

一八〇センチは優に超える長身に、すらりと伸びた背筋、長い手脚。

この海辺の街では珍しくスーツを着ている。ジャケットとネクタイだけではなく、ベストまできっちりと着込んでいてすごくフォーマルだ。

艶やかな黒髪は襟足が長めで、ビジネスショートとはまた違ったこなれ感というか、育ちのよさのようなものを感じた。

先日の女性客の残した言葉を思い出す。ここを貴族のお屋敷と例えるならば、彼はこの館の主《あるじ》と呼んでも違和感ない。この男性に貴族という表現が思いのほかしっくりときて、ほうっと息をついた。

「お好きなお席にどうぞ」

心の中で「ご主人さま」と語尾にひと言つけ加える。こんな素敵な男性に奉仕できるなら、召使い気分も悪くない。

男性は軽く周囲を見回すと、一番奥にある四人掛けのボックス席を選んで腰を据《す》えた。席に着くなり、ビジネスバッグの中からノートパソコンを取り出す。

仕事を始めるのだろうか？　この店を訪れるのは、近所に住む常連さんや観光客、周辺に別荘を持つ羽休めのリゾート客ばかりだから、仕事をしていく人は珍しい。

すぐにお冷《ひや》を用意して、男性のテーブルに向かった。

「いらっしゃいませ。お冷とおしぼりをお持ちしました」

私が声をかけた瞬間。

ギンッと。男性の鋭《するど》い眼差《まなざ》しが私に突き刺《さ》さり、ひええ……と内心悲鳴を上げた。

どうやらご主人さまは、無駄に話しかけられることが嫌いなタイプらしい。黙ってご奉仕しようとお口にチャックをする。

作業の邪魔にならないよう、氷の入ったグラスと冷えたおしぼりをテーブルの端に置いた。

「……ご注文、お決まりになりましたらお呼びください」

ペコリと頭を下げ、そそくさとその場から退散しようとすると。

「……コーヒーと、なにか軽食を」

背後から威厳《いげん》漂う低い声と無駄のない簡素な指示が聞こえてきて、足を止めた。

振り向けば、意志の強そうな瞳にキリリと上がった眉、高い鼻梁《びりょう》、厳しく引き結ばれた唇。

凛々《りり》しいながらも危うい鋭さがあって、思わずごくりと息を呑《の》んだ。

ただのサラリーマンに見えないのは、そのスーツの仕立てのよさからだろうか。桔《き》梗《きょう》の花のように上品な紫みを持つ濃紺で、生地に光沢がある。袖口からオシャレなカフスボタンがちらりと覗《のぞ》いていた。

「軽食ですと、玉子サンドやミックスサンド、サラダ付きのトーストセットなどがあります」

立てかけてあったメニューを開き、指を差しながら説明する。なんとなく甘いものは選ばない気がしたので、ケーキ類やフレンチトーストなどの説明は除外する。

しかし、メニュー表を見た男性は――。

「パンケーキ。それから、アイスのカフェラテを」

意表を突いたオーダーにピタリと指が止まる。甘いもの。しかもダブルで。

ご主人さまはどうやら甘党らしい。

「パンケーキは、トッピングに生クリームとチョコレートソースをお付けしても？」

「頼む」

「かしこまりました」

メニュー表をもとあった場所に立てかけると、私はカウンターの奥へ向かった。

準備をしながら、男性の様子をちらりと覗き込む。黙々とノートパソコンに向かっており、その眼差しはとても険しく、近寄りがたい空気を纏っている。

ちょっぴり気難しい人なのかもしれない。

ひとりのお客さまには大抵話しかけてみる私だけれど、彼のことはそっとしておいたほうがよさそうだ。気安く話しかけるな、そんなオーラが全身から滲《にじ》み出ていた。

「お客さまが来ているの？」

カウンターの奥にある住居部分で体を休めていた祖母が、暖簾《のれん》からひょっこりと顔を出した。

私はさりげなく人差し指を立て「シーッ」と合図を送る。あのお客さまは騒がれるのが好きではない、そう感じたから。

祖母は奥まった席にちらりと視線をやり、納得したようだ。無言で注文票を確認し、カフェラテの準備を始める。手伝ってくれるようなので、私はパンケーキ作りに集中することにする。

一足先に祖母がカフェラテを運び、私はあとからトレイにパンケーキを載せ男性のもとへ向かった。

「お待たせいたしました」

二枚重ねの分厚いパンケーキに生クリームとチョコレートソースをたっぷりかけて。小瓶にはメープルシロップ。「お好みでどうぞ」とひと声添えてパンケーキの横に置く。

「ありがとう」

男性の口から出てきた感謝の言葉に、どこかホッとした。雰囲気はちょっと怖いけれど、悪い人ではないみたい。

「どうぞごゆっくり」

軽く会釈して、カウンターに戻る。

私はなるべく男性の気を散らさないように、カウンターの中で静かに食器のお手入れをした。

閉店時間の少し前。彼は「ごちそうさま」と愛想なく言ってレジへやってきた。

「ありがとうございました。またのお越しをお待ちしております」

会計を済ませたあと笑顔で声をかけてみるけれど、男性はそそくさと店を出ていってしまう。

食器を片付けようとテーブルに向かうと、残されていたのはピカピカのお皿。メープルシロップまでしっかりと使い切って完食だ。

思わず私は「ふふふ……」と笑う。甘党のご主人さま。また来てくれるといいなぁなんてひとりごちる。

洗い物も済ませ今日も無事営業終了。店の外に出しておいた黒板調のメニューボードを下げにいく。

店内をお掃除しながら、普段とはちょっぴり違った特別な一日を思い返して、心をふわふわさせるのだった。

ささやかな祈《いの》りが通じたのだろうか、ご主人さま――もとい、スーツのお客さまは月に一度くらいのペースで店を訪れるようになった。

注文は決まってパンケーキとアイスカフェラテ。

どうせ注文はわかっているのだ、「いつものでよろしいですか？」と尋《たず》ねてみたいところだけれど、盛大に睨《にら》まれるに違いない。彼はきっと他人との慣れ合いを好まないタイプだから。粛々《しゅくしゅく》と奉仕に徹し、注文をくれるまで待つことにする。

店を訪れた当初はスリーピースのスーツをきっちり着込んでいた彼だったけれど、夏に向けてじわじわと薄着になっていった。

三回目の来店ではジャケットを脱ぎ、ネクタイとベスト姿に。これはこれでクラシカルで格好いいなと思わず見惚《みほ》れてしまった。

四回目の来店を迎える頃には、季節はもう七月。とうとうシャツ一枚になり、袖を肘のあたりまでまくってやってきた。想像していた以上に力強く筋肉質な腕が覗いていて、今度は別の意味で見惚れてしまいそうになる。

「あら。またあのお客さん来てくれたの？」

祖母がカウンターの奥の部屋からひょっこりと姿を現して、アイスカフェラテを用意してくれる。祖母ですらもう注文票を確認しない。すっかり顔とメニューを覚えてしまったようだ。

カフェラテを男性のテーブルまで運んだ祖母が、うきうきしながら帰ってきた。

「この辺りに住んでいる人ではなさそうね。どこから来ているのかしら」

「おばあちゃん、気になるの？」

「ふふふ。私が昔好きだった人にちょっぴり似ているわ」

そんなことを言って茶化す祖母。意外と面食いなのかしらと首を捻《ひね》る。

「でもね。気になっているのは花澄《かすみ》のほうでしょう？　あの男性が来ると、とってもうれしそうよ」

思わぬことを指摘され、頬がかぁっと熱くなる。

そりゃあうれしいけれど、決してやましい理由じゃない。

二度、三度と足を運んでくれるなんて、うれしいに決まっているじゃないと、必死になって自分に言い聞かせる。

「……また来てくれたってことは、この店を気に入ってくれたってことよ？　おばあちゃんだってうれしいでしょう」

「そうねぇ。うれしいわ。でも、それだけじゃないんじゃない？」

祖母は含んだような笑みを浮かべた。

「私も若い頃に覚えがあるからわかるの。これは恋かもしれないわね」

ぽつりとこぼした祖母に、私は目を丸くする。

「私もう二十七歳よ。お客さんにひと目惚れするような歳じゃないわ」

「あら、そう？　恋人のひとりもできたことのない花澄が、そんな一人前のことを言うなんて」

再び顔が熱くなる。ずっと祖母と一緒に暮らしているから、私の恋愛事情もバレバレだ。

二十七歳にして恋愛経験ゼロ。そんな私を、祖母はたいそう心配している。

私にしてみたら、恋愛より祖母のほうが大事だし、恋人がいなくたってどうってことないんだけれど。

「花澄がお嫁にでも行ってくれたら、安心して店を畳めるんだけどねぇ」

最近よく痛める腰をトントンと叩《たた》きながら、そんなプレッシャーをかける。

「……そんなことを言うのは反則だわ」

七十五歳にもなる祖母が働き続けるのはつらそうで、そろそろ店を畳んだほうがいいんじゃないかと持ちかけたのはつい最近のことだ。

私がひとりでこの店を継いでもいいけれど、私がここで働く限り祖母は手伝おうと無理をするだろう。いっそのこと店を畳んで、私は外に働きに出たほうがいい。

……もちろん、この店がなくなるのは悲しいけれど。祖母に無理をさせるほうがもっとつらい。

とはいえ、店じまいと引き換えにお嫁に行けだなんて言われても困ってしまう。行く当てなんてまったくないのだから。

「お嫁に行く予定なんて全然ありませんからね。期待しないで」

結婚なんて憧れていないし、このまま祖母とふたりで暮らしていくだけで充分しあわせだ。

できあがったパンケーキとシロップをトレイに載せて、奥のボックス席へ運ぶ。

「お待たせいたしました」

お仕事の邪魔にならないようにテーブルの端に置く。彼の視線がちらりとこちらを向き、私の姿を捉えた。

「ありがとう」

相変わらず愛想のない彼だけれど、クールな声でお礼を言ってくれる。それだけでうれしくなってしまうのだから不思議なものだ。

彼はどこから来たのだろう。どうしてこの街にいるの？　そんなに怖い顔をして、どんなお仕事をしているの？

「どうぞごゆっくり」

たくさんの疑問を呑み込んで、にっこりと微笑《ほほえ》みかける。

私の笑顔なんて目に入っていないのだろう、彼は黙々と仕事を続けている。

相手にされなくたっていい。見つめていられるだけで。この店が彼にとって居心地のいい場所になりますように……。

今日もやっぱり男性は、多めに入れたメープルシロップもきっちり使い切って完食してくれた。かなりの甘党のようだ。それであの細くて筋肉質な体型を維持できるのだからすごいなぁと感心してしまう。

なにか運動でもしているのかしら……。

気がつけば彼のことを詮索してしまう。いけないいけないと頭を振り、余計なことは考えないようにと自分に言い聞かせた。

……また来てくれたらいいな。

今日も心の中で願いながら、食べ終わった食器を片付けた。

第一章　寡黙な彼は眼差しで語る

　ここは海沿いの小さな街。芸能人や資産家の別荘、保養所なんかが多く建てられ、避暑地として知られている街だ。

　中学生のとき事故で両親を亡くした私、日南《ひなみ》花澄は、祖父母に引き取られこの土地で生活を始めた。

　静かだったこの街に転機が訪れたのは昨年のこと。高級リゾートホテル『シーフェニックスホテル』が建設されたのだ。

　高級と謳《うた》われるだけあってお値段は高めだが、ハイクオリティなサービスを提供してくれると人気である。宿泊目的でこの街を訪れる観光客も多い。

　ホテル業界屈指《くっし》の大企業がこの地に参入したことで、その恩恵にあやかろうと観光業を営む中小企業や自営業者が続々と街にやってきた。

　今までにはなかった若者向けのお店も増え始め、この一年で街はぐんと活気づいた。

　八月一日。黒縁《くろぶち》眼鏡《めがね》をかけたスマートな青年が、開店三十分前の店に入ってきた。

「今日からまたよろしくお願いします」

榛村那智《はりむらなち》くん、二十二歳。現在大学四年生だ。

普段は東京《とうきょう》でひとり暮らしをしながら大学に通っているのだけれど、長期休暇になると実家のあるこの街に帰省してくる。夏は観光客が増えて店が忙しくなることもあり、毎年アルバイトに入ってもらっているのだ。

特にシーフェニックスホテルが建設されてからは、ホテルから徒歩圏内にあるこの店も大繁盛《だいはんじよう》。観光客がたくさん来てくれるようになった。

今年はお正月も忙しくて、急遽《きゆうきよ》、那智くんにアルバイトをお願いしたのだが、快《こころよ》く引き受けてくれて本当に助かった。

「こちらこそよろしく。学校のほうは大丈夫？　就職活動とか……」

私は栄養専門学校に通っていたから四年制大学のことはよくわからないけれど、最後の年なのだから大変なのではないかと心配になる。

しかし、表情ひとつ変えず、那智くんはキリリと答えた。

「もちろん。卒論はほぼ終わってますし、就職先の内定ももらっています」

昔からすごくしっかりした子だから、大丈夫だろうとは思っていたけれど、やっぱり抜け目はないみたい。

「よかった。就職も決まったんだね。おめでとう」

「ありがとうございます。単位も取り終えてしまいましたし、もう大学には月一で顔を出す程度なので、基本的に実家にいるつもりです。呼んでもらえればいつでも駆《か》けつけますよ」

「ありがとう、助かるわ」

女ふたりの喫茶店に、男手が加わると心強い。それに——。

「……実は、おばあちゃんの腰の調子があまりよくなくて」

思わずこぼれた本音に、那智くんが深刻そうに眉を寄せた。

「オーナーが？　大丈夫なんですか？」

心配をかけまいと微笑むも、手放しに大丈夫と答えられる状況ではない。

「たまに立てないくらい痛むときがあるみたいなの。なるべく無理をしないでほしいのだけれど、私がひとりでカウンターに立っていると手伝おうとするから。でも那智くんが店にいてくれれば、安心して奥で休んでいてくれると思う」

休んでほしいと言っても、なかなか聞いてくれない。店の様子が気になってしまうみたいだ。腰の弱った祖母をあまり長時間立たせたくない。最近では病院に行く回数も増えている。

「それから、私が祖母に付き添って病院に行っている間に、店番をお願いできると助かるわ」

「任せてください」

那智くんはトンと胸を叩いて頼もしく引き受けてくれた。心配事がひとつ減って安《あん》堵《ど》する。

ふたりで話をしていると、ドアベルがリンリンと音を立てた。お花を買いに行っていた祖母が帰ってきたのだ。

買い物くらい私がするよと言っても、お花選びに関しては譲りたくない祖母である。朝一で近所のお花屋さんに行くのが日課だ。

今日のお花はデルフィニウムとヒマワリにしたらしい。淡い青と黄色——夏らしくて爽《さわ》やかな組み合わせだ。

「ただいま。あら、那智くん久しぶりね。来てくれてありがとう」

「お久しぶりです、オーナー。お変わりありませんか？」

「ええ。なにも変わらないわよ。そうねぇ、変わったことといえば……」

もちろん、祖母は自分の腰のことなど言わない。しかし、なにか別のことを考えているらしく、にんまりと頬を緩める。

「花澄にお気に入りのお客さまができたことくらいかしら」

「えっ」「は!?」

私の驚いた声と、那智くんの非難の声が重なった。

那智くんの眼鏡の奥の目がギンッと光る。これはまずいと慌てながら、こっそりと目を逸《そ》らした。

那智くんは、正義感がとても強く、私に絡んできたナンパ目的の客を撃退してくれる。ただし、たまになんの下心もないお客さまも間違って追っ払ってしまうから困りものだ。

私はたいしてモテないから、そんなにピリピリしなくても大丈夫だよと言っているのだけれど。ちょっぴり思い込みが激しいようだ。

きっと今も、ナンパ男撃退センサーがピピッと反応したのだと思う。

「ちょっと待ってください。お気に入りとは、お客さまが花澄さんを、ですか？　それともまさか、花澄さんがお客さまを、ですか？」

「もちろん、花澄がお客さまを、よ」

「えっと……ちょっと待って、おばあちゃん」

いつもクールな那智くんの瞳が今はメラメラ燃えている。私が男性にたぶらかされたと思っているのかもしれない。

おばあちゃんたら、火に油を注《そそ》ぐようなことを言って……！

どう弁解しようかと困惑している間に、祖母はどんどん那智くんを煽《あお》っていく。

「すごーく格好いい男の人でね。きっと那智くんもひと目見れば、その人だってわかると思うわよ」

「へぇー……そうですかー……」

空返事《から》がなんだか怖い。どうかお客さまに絡んだりしませんように。

那智くんのシフトは、なるべく朝の時間帯に入れるようにして、彼の来る夕方前には帰ってもらおうと画策する私だった。


その日、朝から来てもらっていた那智くんには、十七時に上がってもらった。ぽつぽつと来るお客さまを接客して、あっという間に十九時。閉店時間がやってきた。

あのお客さま、今日も来なかったな……。

彼のことを思い出してはそんなため息が漏れ、落ち込んでいる自分に気づく。

そもそも、この街の人間でない彼がどうしてこの店を訪れるのかがわからない。

そのうち来なくなってしまうかもしれないし、もしかしたら、もう二度と来ないかもしれない。

なんとなく暗い気持ちのまま、メニューボードを下げようと店の外に出る。

空は深い藍色に沈んでいて、下のほうだけわずかに夕暮れが残っていた。

通りを挟んで向かい側にあるバーは、今が一番賑わっている時間帯らしく、ガラスウィンドウ越しに若者の影がたくさん見える。

道の先には酔っ払った若い男性がふたり。手には酒瓶、足取りは覚束《おぼつか》ずふらふらだ。ゲラゲラとご機嫌に笑いながらこちらへ歩いてくる。

観光が盛《さか》んになることで、街に若者が増えた。人が増えること自体はありがたいけれど、酔っ払って騒ぎを起こすような若者はちょっと困る。

関わらないほうがいい、早く店に入ろう、そう思いメニューボードを折り畳み抱《かか》えたところで。

ドン、と背中を強く押されてつんのめった。どうやら歩いてきた男性の腕が私の背中にぶつかったようだ。

衝撃でボードを落とし、ガシャン！　と激しい音が響く。その音で、通り過ぎようとしていた男たちが振り向いた。先ほどの酒に酔ったふたり組だ。

「あっ、ごめーん！　お姉さんだいじょうぶー？」

ぶつかった金髪の男が親しげに話しかけてくる。

「あ、はい。こちらこそ、すみませんでした……」

ペコリと小さく一礼して、そそくさとボードを拾い上げた。相手は酔っ払い、変に絡まれても大変だ。早く立ち去ろうと背を向けるが、うしろから突然腕を摑《つか》まれた。

「なら一緒に飲みに行こうよー！」

もうひとりの茶髪の男が私の行き先を塞ぐように回り込んでくる。

「わ、お姉さん、よく見るとすごい美人じゃん！」

「え、ホント？　どれどれー？」

摑まれた腕を引っ張り上げられ、無理やり前を向かされた。自分よりも体の大きい男ふたりに囲まれて、自然と身が竦《すく》む。

「ホントだー！　かわいいー！」

「ねー、歳いくつー？　彼氏いるの？」

まくし立てる男たち。お酒のせいで節操がなくなっているのだろう。

「あのっ……すみません、仕事中ですので……」

顔を伏せて逃げだそうとするけれど、男たちは手を離してくれない。

それどころか、肩を摑まれ馴れ馴れしく抱きつかれた。

「ちょっとくらいいいじゃん！　付き合ってよ」

「そんな重たいもの置いてさぁ」

茶髪の男は、私が抱えていたボードをひったくり、道の端に投げ捨てた。再び大きな音が響いて、びくりと肩が跳ね上がる。

この人たち、乱暴だ。じわじわと恐怖が押し寄せてきて声が震えてしまう。

「や、やめてください……！」

か細い悲鳴を男たちは無視して……ううん、余計におもしろがっているようで、私を両側から押さえ込み、どこかへ連れていこうとする。

どうしたらいいの？　助けてって叫《さけ》んだ方がいい？　でも、そんなことをしては逆に怒らせてしまうかもしれないし……。

なにもできずただ震えていた――そのとき。

「彼女を離せ」

背後から別の男性が現れ、金髪の男の手を勢いよく払いのけた。

すかさず背後の男性は、ふたりの酔っ払いから私をひったくるようにして抱きすくめる。

「え……」

驚いて顔を上げてみると、そこにあったのは険しくて秀麗《しゅうれい》な横顔。たまに来てくれるスーツのお客さま、その人だった。

今日はスーツではなく、シャツに細身のブラックデニムを合わせたラフな格好だ。ノートパソコンの入ったビジネスバッグも持っていない。オフの日なのだろうか。

「なにしやがる！」

突然現れた人物に獲物を掻《か》っ攫《さら》われ、逆上した男たちがかみつこうと構えるが。

「彼女に用があるなら俺を通せ」

圧を宿した低い声に、男たちは怯《ひる》む。彼のただでさえ鋭い眼差しが、今はいっそう鋭利さを増し、近寄るなとばかりに男たちを睨みつけていた。

しかし、相手は酔っ払いだ。冷静な判断力など持ち合わせていないし、脅《おど》しも効かない。

「調子に乗ってんじゃねぇぞ！」

金髪の男がなりふりかまわず手に持っていた酒瓶を振り上げた。

殴《なぐ》られる、そう直感した私は「きゃあっ」と悲鳴を上げ身を強張《こわば》らせる。

咄嗟《とっさ》に彼は私を庇《かば》うようにうしろへと押しやった。酒瓶を持った男の腕を掴み受け止める。と同時に男の腕をぐるりと捩《ね》じり上げ、地面に組み伏せた。

「痛《い》たたたた！」

男の情けない悲鳴が響く。取り落とした酒瓶がカラカラと地面を転がり、私の足にコツンと当たって止まった。

思わず一歩、二歩と後ずさる。目の前の出来事に驚いて足が竦む……。

「失《う》せろ」

私を守ってくれたその男性が、殺気だった言葉を放つ。

さすがの酔っ払いたちもその実力差に恐れおののいたようで、一目散に逃げ出した。

ふたり組が立ち去るのを見届けたあと、彼はあらたまって私に向き直る。

「怪我はないか？」

鋭さを残す瞳がこちらに向いて、意思に反してびくりと震えた。彼は私を守ってくれた、そう理解していても萎縮《いしゅく》してしまう。

「あ、ありがとうございます……助けてくださって……」

半《なか》ば放心状態の私を見かねて、彼が落ちたメニューボードを拾い上げた。

私に手渡そうと差し出して——その手を引っ込める。

お腹《なか》の前で組まれた私の手が、小さく震えていることに気づいたのだろう。

あのふたり組が怖かった。それに、彼のことも怖くなかったといえば嘘《うそ》になる。だって、酔っ払いを蹴散らしてしまうほど強かったんだもの。

「……っ、と、これは……その……」

言い訳しようとした、その時。彼の手が伸びてきて、私の震える手を包み込んだ。

「え……」

大きな手が、私の両手をすっぽりと覆いつくし、震えを抑え込むように強く握る。

彼の熱めの体温がじんわりと伝わってきた。

「もうヤツらはいない。怯える必要もない」

私を落ち着かせようとしてくれているのだろうか。素っ気ない言葉の中に気遣いを感じる。

見上げれば、他人を寄せつけない厳しい眼差しの中に、ほんの少しだけ優しさが見えたような気がした。

「……ありがとう、ございます」

彼は怖い人じゃない、やっとそう思うことができた。かと思えば、彼の手の温《ぬく》もりにあてられて頬が熱くなってくる。

そういえば、こうやって男性に手を握られるなんて、初めてかもしれない。

なんだか急に恥ずかしくなってきた。

「もう少し穏便に追い払うことができればよかったんだが。すまない。怖い思いをさせたな」

「私のほうこそ、危ない目に遭わせてしまってすみませんでした」

危うく彼のほうが怪我をするところだった。瓶で殴られたりなんかしたら、命に関わる。無事でいてくれて本当によかった。

「その……お強いんですね」

「護身術だ」

「……なるほど」

一瞬、その圧倒的な強さに喧嘩《けんか》が得意なのかな？　なんて素行不良を疑ってしまった私だが、護身術と聞いて安心した。相手を傷つける類《たぐい》の技術ではないようだ。

「……歩けるか？」

「……はい……」

おずおずと答えると、彼は私の右手を握り、店に向かって歩き出した。

きっと彼は、私がまだ怯えていると思っているのだろう。だから落ち着かせようと、ずっと手を握っていてくれる。

繋《つな》がれた右手を意識して、鼓動がどくどくと高鳴ってきた。

寡黙《かもく》で目つきも鋭くて、一見すると怖い人に見えるけれど、もしかしたら、すごく優しい人なのかもしれない。重たいメニューボードも、彼が持ってくれている。

店の入口のドアを開けると、ドアベルの音に反応した祖母がカウンターの奥の部屋から顔を出した。

看板を抱え店に入ってきた彼に、そして手を握り連れられてきた私に驚いて「まぁ」と目を丸くする。

「失礼する。彼女がそこで、酔っ払いに絡まれていた」

祖母に引き渡すように私をカウンターまで連れていく。

「花澄を助けてくださったんですか!?　どうもありがとうございます！」

祖母が深々と頭を下げたのに合わせて、私も隣で頭を下げた。

彼は「いや。彼女が無事でよかった」とつっけんどんに答えると、メニューボードを脇に立てかけ、お役御免《やくごめん》とばかりに背中を向けた。

ずっと待ち焦《こ》がれていた背中が遠ざかっていく。切ない気持ちを抱えながら、彼のうしろ姿を見つめていると。

「お礼になにか召し上がっていってくださいな！　ほら、花澄！」

祖母にパン、と背中を叩かれ我に返った。彼を引き留める口実をもらって、私は

「は、はい！」と咄嗟に返事をする。

「あの、お礼にカフェラテを飲んでいってもらえませんか……？　もしお腹に余裕があればパンケーキも。今日はご馳走《ちそう》しますから……」

入口のドアに手をかけたところで彼は足を止めた。肩越しに振り返り、怪訝《けげん》な顔をする。

「……もう閉店時間じゃないのか？」

「かまいません！　助けてもらったお礼をさせてください……！」

無意識のうちに両手をぎゅっと握りしめていた。彼はそんな私の様子を観察するようにじっと見つめ、やや考えると。

「なら、好意に甘えさせてもらうことにする」

そう言って店内に戻ってきてくれた。

祖母は気を回したらしく「花澄。お客さまのこと、お願いね」と言い置いてカウンターの奥の部屋に引っ込んでいく。

ふたりきりになり、心なしか漂い始める緊張感。

しっかりとおもてなししなくては。やることはいつもと同じはずなのに、どうして今はこんなにもプレッシャーを感じるのだろう。

「あの、お好きなところに座ってください！　カウンターでも、いつものお席でも大丈夫ですので！」

気合いが入りすぎて、つい大きな声でまくし立ててしまう。

ああ、ダメだな私ったら。彼は騒がしいのがあまりお好きではないのに……！

落ち着いて、落ち着いて、そう心の中で繰り返し、お冷とおしぼりを用意する。

彼はいつものボックス席ではなく、カウンター席に腰を下ろした。

どうして今日に限ってそこなのだろう、すぐ目の前に彼の瞳があって、グラスを持つ手が震えてしまう。

そうか、今日はパソコンを持っていないし、お仕事をする必要がないから。ってことは、準備を急がなきゃ！　彼をお待たせするわけにはいかない。

とにかく、まずはカフェラテをお出ししよう……！

うちの喫茶店はネルドリップ方式——布製のフィルターを使ってコーヒーを抽出する。ネルフィルターに粉を入れ、専用のサーバーにセットし、九〇度のお湯を注ぐ。

ドリップポットを持つ手すら緊張で震えてしまう。

カウンターのほうに目をやれば、私のほうをじっと見つめる手持ち無沙汰な彼。

その眼差しにドキリとして、つい布フィルターに人差し指の先が触《ふ》れてしまった。

「熱っ……！」

びっくりして手を引っ込める。その仕草を彼に目撃されてしまい、気まずい沈黙が流れる。

「大丈夫か？」

お礼をするどころか心配されてしまう始末。

「……お見苦しいところをお見せしてすみません……」

「冷やした方がいいんじゃないか」

「……そうします」

水道水で人差し指を冷やす。なんだか自分が情けなくて、涙が出そうだ。

待つだけの彼はやはり退屈そうで、私の背後にあるカップボードにぼんやりと視線を向け、ずらりと並ぶ陶磁器を眺めている。

今さらながら会話をすればいいのだということに気づきハッとした。普段ならこういうとき、真っ先に話しかけるはずなのに。今日の私はどうかしている。

気を取り直し、冷凍庫から氷を取り出してグラスに入れ、世間話を持ちかけようと口を開く。

「え、ええと、お客さまはお仕事でこの街に——と、わっ！」

話に集中した隙に氷がコロコロと転がっていった。もちろん、この失態も彼はばっちり目撃している。

「……すみません……」

冷凍庫から新しい氷を取り出しグラスに入れ、その上からミルクを投入。そこへドリップした深めのコーヒーを注ぎ、なんとかカフェラテを作り終えた私は、カウンター越しに彼の前に差し出した。

「……もうしばらくお待ちくださいね」

そう苦い顔で謝って、パンケーキの準備に取りかかろうとすると。

「その前に、こちらへ」

突然怖い顔で手招かれ、私はびくりと震え上がった。

もしかして、怒らせてしまった……!?　晒《さら》してしまった失態の数を指折り数え、叱《しか》られても仕方がないなと腹を括る。

カウンターを回り込んで彼のもとへ行くと「ここに座れ」と厳しい声で隣の席を示された。

「はい……」

カウンターチェアに横向きに腰を下ろし、彼と真正面から向き合う。

言われた通り座ったのに、彼はなにも言わない。沈黙がいっそう不安感を煽る。ただ彼は厳しい目をしたまま、じっと私を睨んでいる――。

……睨んでいる？

よくよく見ればその眼差しは、険しいように見えて、どこか物憂《ものう》げ。普段はキリリと上がった眉も、今は角度が緩く、まるで困惑でもしているかのようだ。

……困っている？

おもむろに彼の手が伸びてくる。膝の上にあった私の手を取り、店の外でしてくれたみたいに両手でぎゅっと握り込んだ。

「っ、え、あの……っ」

状況が呑み込めず、繋がれた手と物言いたげな眼差しを交互に見つめる。

彼は低い声で、でもゆったりとした口調で――。

「まだ動揺しているな」

気遣わしくそう言って、私の手の甲をそっと撫《な》でた。温かい――緊張と戸惑いが混じり合って、頭の中がぐちゃぐちゃになってしまった。

「俺は男だし、君の気持ちを完全に理解してやることはできないが……怖かっただろう。見知らぬ男に絡まれて」

どうやらミスを連発する私を見て、酔っ払いに絡まれたショックを引きずっていると勘違いしたらしい。

「あ、えっと、そんな、ことは……」

本当はさっきの出来事なんてすっかり忘れて、目の前の男性に緊張しまくっています……なんてとても言えない。

「無理をするな。礼はまた今度でかまわない。とにかく今日はゆっくり休んで、嫌なことは忘れてしまえ」

「……はい」

自分の心がやましくて、すごく申し訳ない……。

こちらの心中を知るよしもなく、彼は私の顔にかかる髪をそっと指ですくい上げ耳にかけてくれた。髪を結んではいるものの、いろいろとあったせいで乱れていたみたいだ。それから頬を撫でるように人差し指を滑らせる。

いけないと知りつつも、ドキドキしてしまう。彼の、厳しいけれど優しい瞳がじっと私を見つめていて、気がおかしくなってしまいそうだ。

「君が落ち着くまで傍にいてやりたいが……まだすべきことが残っている。すまない、行かなくては」

ハッとして私は顔を上げる。彼が自分の時間を犠牲《ぎせい》にして私に付き合ってくれていたのだと気づいて。

「ごめんなさい、用事があったんですね！　お忙しいのに引き留めてしまって……」

「いや。かまわない。たいした用ではないんだ」

私が予想以上に恐縮してしまい、彼は困ったように目線を漂わせた。

「ただ、夜が更《ふ》けないうちに周辺を見て回ろうと思っていた……視察のようなものだ。日中は見て回ったんだが、夜間に来たことはなかったから」

「視察――ですか？」

この街を視察する――ということは、彼の仕事は観光業かなにかだろうか。

腕時計を見れば、もう二十時に近い。だいたいのお店は閉店しているし、開いているのはバーかナイトクラブくらいのものだろう。

「この辺りのお店は、閉まるのが早いですから。この時間だと、お酒を飲むところくらいしか開いていないと思いますけど……。バーでよければご紹介しましょうか？」

「いや。酒が飲みたいわけじゃない。この街の雰囲気を知りたいんだ。地図では知り得ないこと……たとえば……」

彼は顎に手を添えしばし考え込んだあと、思いついたかのように顔を上げた。

「さっきのような、ああいう輩は多いのか？　この街はもっと静かな場所だと思っていたが」

ああいう輩——ふたり組の酔っ払いのことを言っているのだろうか。

「最近は……そうですね。たまにああいう方も見かけるようになりました。近くに『シーフェニックスホテル』っていう大きなホテルが建設されたことで、一気に観光客が増えて……」

どうやら彼もそのホテルの存在を知っていたようで「ああ」と短く答える。私は窓の外に目を向けて、先月オープンしたばかりのカフェバーを眺める。

「人が増えるに伴って、ああいった若者向けのお店も増えたんです。マナーの悪い方が増えたのは、そのせいでしょうか」

シーフェニックスホテルの進出によって観光業者もたくさん集まってきた。そのうちの一社が、若者向けのカフェやバー、ナイトクラブを相次いで開店させたのだ。

おかげで暗くて静かだったこの通りも、夜になると酔っ払いの叫び声なんかが響いたりするようになった。

静かだった海の街が活気づいた——まではよかったものの、柄の悪い若者も増え、今では治安が悪くなってしまった。

「……そうか」

男性は私の手を握ったまま、納得したように短く息をついた。

その顔が残念そうに見えるのは……気のせいだろうか？

「貴重な話をありがとう。あとは自分の足で歩いて確認する」

彼はそう言ってカフェラテを飲み干すと、「ごちそうさま」と席を立った。

結局、なんのおもてなしもできなかったことがくやしくて、店を出ていく彼のうしろ姿をもやもやとした気持ちで見送る。

「あの、暗いので、気をつけてくださいね。灯《あか》りの少ない道もありますし」

「大丈夫だ。俺は君みたいに絡まれたりはしないから」

とはいえ、ただでさえ土地勘がないのに、真っ暗な夜道を歩くのは大変だろう。

気を揉んでいたところに、ふと妙案を思いついて、私は顔を跳ね上げた。

「あのっ！」

彼の腕に縋《すが》りつくと、彼は驚いた顔で足を止めた。

「私に、周辺を案内させてもらえませんか!? その、さきほどのお礼に」

彼は眉をひそめるも、すぐさま険しい顔で首を横に振る。

「そこまでしてもらわなくても大丈夫だ」

「いくら小さな街とはいえ、歩いて回るのは骨が折れますよ。私だったら、見たい場所をピンポイントでご案内できますし」

「この地をよく知る君が案内してくれると助かるのは確かだが、今、恐ろしい目に遭ったばかりだろう。もう夜は出歩かないほうがいい」

「私ひとりで歩くわけではないので、絡まれたりすることもないでしょうし……それに……」

たとえ絡まれても、あなたが助けてくれるから――なんて言ったら厚かましいだろうか。尻つぼみに答えると、彼は小さく息をついて、あきらめたように肩を落とした。

「……わかった。そこまで言うなら頼むことにする。だが、無理はするな。怖いと思ったらすぐ言ってくれ」

「はい……！」

奥の部屋にいる祖母に「少し外を歩いてくる」と告げると、どうやらデートだと勘違いしたらしく「ごゆっくり」とにんまりした顔で見送られた。

なんとなく気恥ずかしくて、ほんのり頬を染めながら店を出る。

まずはどこから案内しようか。ぼんやり考えていると、店を出たところで先を行く彼が足を止めた。おもむろに私のほうへ手を伸ばしてくる。

「花澄」

名前を呼ばれ驚いた。きっと祖母が私を『花澄』と呼んでいるのを聞いていたのだろう。だが、それ以上に驚いたのは、手を差し出されたことだ。

「あの……？」

おろおろとしている私の手を勝手に持ち上げて、指先をキュッと絡めると、街の中心部とは逆に向かって歩き出した。

暗くて心細いのに繋がれた手は頼もしい、すごく不思議な感覚だ。

「あんな目に遭って、ひとりで歩くのは不安だろう」

不意にかけられた優しい言葉。口調はぶっきらぼうなのにどこか甘い。歩調も私に合わせてくれているのだろうか、ゆっくりだ。

問答無用《もんどうむよう》で手を繋がれてしまったけれど嫌な感じはしなくて、それどころか心地よいとすら思えてくる。

守ってもらえることがうれしいからだろうか？　それとも、彼が素敵だから？

祖母から『恋』と言われたことを思い出して胸が騒がしくなってくる。

「怖くないか？」

「大丈夫です。手を繋いでいてくれるので……」

言葉にしたあとで、あ、と気づく。今のはずるい言い方だ。これじゃあ、彼は手を解《ほど》きたくても解けない。

「あの……迷惑じゃありませんか？」

「なにがだ？」

「手を……繋いでくださって……」

「逆に安心だ。手の届く場所にいてくれたほうが、いざというときに守りやすい」

「そう……ですか」

彼の視点は完全にボディーガード。異性と手を繋いでドキドキするとかそういう感覚はないらしい。……って、当たり前か。彼、きっと私より年上だものね。いちいち手を繋いでドキドキなんて、するはずがない。

「あ、ええと、この先はほとんどお店も閉まっていますし、真っ暗ですよ」

「一応、向こうの道も覗いていいだろうか。なにもないならないでかまわない」

「わかりました。行ってみましょう」

今度は私が一歩前を歩き、彼を先導するように手を引く。

通りの先は、本当に真っ暗だ。ぽつぽつと民家が建っている程度で、開いている店もないし人通りもない。

「なるほど。だが、開拓のし甲斐《がい》はありそうだ。土地の所有者と相談だな」

納得したようで、くるりと回れ右をする。もと来た道を戻りながら歩いていると、不意に彼が尋ねてきた。

「花澄は、ずっとこの街に住んでいるのか？」

いつの間にか、私の名前を自然に呼んでくれている彼。少しドキドキしながらも質問に答える。

「中学二年生のときからです。お客さまは――」

そこまで言いかけたところで、彼が「一弥《いちや》だ」と名前を教えてくれた。照れつつも教えてくれた名前を口にする。

「……一弥さんは、お仕事でこの街にいらっしゃってるんですよね？」

「ああ。普段は東京にいる。視察や会議があって、月に何度かこの地に足を運んでいるんだ。特に月初の会議のあとはいつも君の店に寄らせてもらっている」

なるほど、それで月に一度のペースでうちの店に姿を現していたのだ。

「君の店――ボナールは、静かで集中できる。食事もおいしいしな」

「よかった。おいしいと言っていただけて安心しました」

「言わなくても、いつも完食していただろう？」

「ええ。シロップまで。甘いもの、お好きなんですね」

「そこまでよく覚えているな。今日も、なんのオーダーも聞かずにアイスカフェラテとパンケーキを作ろうとしていただろう」

「あっ……」

そういえば、私ったら注文を聞くのをすっかり忘れていた。これじゃあ意識していたことがバレバレ。かぁっと頬が熱くなり彼の目が見れなくなった。

「月に一度しか来店しない客の顔とメニューを覚えているなんて、君は優秀なホールスタッフだな」

褒めてもらえているみたいだけれど、素直に喜べない。とても言えるわけがない、格好いいから気になっていただなんて……。火照《ほて》る頬を隠すように彼から顔を背《そむ》ける。

私たちはボナールを通り越し、海側に向かって足を進めた。中心街となる大通りは、新しめのバーが並び、賑やかだ。

「夜、人通りがあるのはこの通りくらいです。あとはビーチのほうにナイトクラブがありますが……あまりお勧めはしません」

「なぜ？」

「柄の悪い人たちが多くいるらしくて。近所の方から近づいちゃダメって言われているんです」

噂《うわさ》では、クラブのオーナーの素性が怪しくて、酔っ払った客たちの乱闘騒ぎも絶えないのだとか。とはいえ、警察が出動した記録もないから噂でしかないのだけれど。

ただ、地元の病院には、殴られたような痕《あと》や刃物で切られたような傷を持つ若者がよく駆け込んでくるようになったとか。

そんな噂を聞かされては、とてもじゃないが近寄ろうという気にはなれない。

しかし、どうやら彼は興味をそそられたようで。

「俺も噂については聞いたことがある。同業他社による風評《ふうひょう》被害かなにかだと思っていたが、実際のところどうなんだろう。自分の目で直接確かめてみたい」

どうやら行く気満々らしく、今度は先頭に立って私の手を引っ張り始めた。

「まさか……行くんですか!?」

「不安なら、君を店に送り届けてから、ひとりで行くことにしよう」

「……い、いえ……行きます……」

彼が行くというのなら、私だって。本当は怖いけれど、仕事である彼に行くなとも言えない。

私たちは、ナイトクラブのあるビーチへと向かった。

市街の中心部から二十分程度歩いた先。波の音が聞こえてくるほど海に近い場所にナイトクラブは建っていた。

一見海の家と見間違うような立地であるが、窓の少ない鉄筋の平屋建ては異様としか言えない。近づくと、ビートを刻む重低音が漏れ響いてきた。

中はアッパーなクラブミュージックが大音量で流れているらしい。小さな窓から赤や緑の光がちらちら漏れている。

ちょっぴりうるさいけれど、近くに住宅もないから苦情も来ないのだろう。

「本当に……行くんです？」

正直、気乗りしない。クラブなんて行ったことがないからどうすればいいのかもわからない。体を揺らしたり踊ったりすればいいのかな？　場に馴染む自信がない。

柄の悪い人が多いという噂も気になる。助けを乞うような目でじっと彼を見つめるけれど——。

「ここまで来たからには覚悟を決めてくれ。君をひとりで外に待たせておくわけにもいかない」

言うなり、突然彼が私の肩を引き寄せた。抵抗する間もなく彼の懐《ふところ》に抱き込まれてしまう。

彼の胸から伝わってくる力強い鼓動。それに呼応するかのように、自分の心臓もばくばくと高鳴り始めた。

「あ、あのっ……!?」

「Actions speak louder than words.」

「へっ？」

「ことわざだ。『行動は言葉よりも雄弁である』」

「そ、そのこころは……」

「どこからどう見ても恋人同士。ナンパされる心配もないだろう？」

つまり、私がナンパされないように、恋人役を演じてくれるってこと？

確かにナンパはされないだろうけれど、この密着度って。

恐る恐る見上げると、当の彼は涼しい顔。きっと私に対して、女性的な魅力とかそういうものを、まったく感じていないのだろう。

それはそれで悲しくなる。仕方がないので大人しく身を任せることにした。

彼は私を抱いたまま、ナイトクラブの重たい扉を開ける。

ブラックライトが怪しげな光を放つ薄暗い通路。周囲の壁はチラシやペイントで埋め尽くされ、ルーズで荒くれたストリート感が漂っている。

しばらく進むと曲がり角に受付カウンターがあった。

立っていたのはタンクトップの男。肩から腕にかけて派手なタトゥーが彫られている。加えて、モヒカンに口ピアス。オシャレ――にしてもいかつすぎる。職質されてしまうレベルだろう。

ここ、一般人が来ちゃダメなところです……！

涙目で訴《うった》えかけるけれど、一弥さんは平然としている。仕方なく彼の胸にしがみついて恐怖をごまかすことにした。

「新規？」

「ああ」

「ひとり三千五百円。ワンドリンクね」

一弥さんは腰のポケットから財布を取り出し、七千円をカウンターの男性に差し出した。男性はお金を受け取ると、チケットを二枚、端をもぎって渡してくれる。

一弥さんは受け取ったチケットを胸ポケットに突っ込んで、奥に進んでいく。曲がり角の先にまた分厚い防音扉があって、その奥が会場になっているようだった。

「花澄。俺から離れるな」

もう一度念を押すと、私の腰を強く抱いて扉を開ける。その途端《とたん》、音が重圧となって私の体に押し寄せてきた。

中は私のイメージとは違っていた。踊っている人なんて誰もいない。ハイテーブルの周りでお酒を飲みながらぐだぐだと談笑している人、部屋の隅にしゃがみ込んで時間を潰している人、いずれも気だるそうだ。

一応ステージらしきものもあるけれど、誰が立っているわけでもなく、ただ惰性《だせい》に音楽を流しているだけのようだ。階段の先のロフト部分はミキサールームになっていて、アンプやスピーカーなどの機材がたくさん置かれていた。

煙草《たばこ》の煙だろうか、あるいはスモーク？　けぶっていて視界が悪い。煙草となにかが混じり合った、独特の香りがした。

騒音の中、彼が私の耳元にささやきかける。

「酒は飲めるか？」

「少しでしたら」

バーカウンターの脇にある透明のボードには、蛍光ペンでアルコールメニューが書かれていた。どれがいいかと尋ねられ、私は飲みやすそうなピーチフィズを指差す。

彼はモスコミュールをオーダーしたようだ、ドリンクの入ったプラスチックカップを受け取り、空《あ》いていたハイテーブルに置いた。

周囲の音が大きくてまともな会話もできない。彼は肘をついてぼんやりしているように見せかけながら、瞳をゆっくりと動かして、周囲を探っているようだった。

その間も、私を抱く手を緩めない。いっそう強く所有物のように抱かれ、気が気じゃなかった。

ときたま彼は、私の首筋に指を滑らせ、髪を梳いたりする。たぶんとびきりイチャイチャしたカップルを演出したいのだろう。

「あの……近すぎやしませんか」

私が背伸びして、彼の耳元に訴えると。

「悪い。もう少しだけ我慢してくれ。これくらいのほうがお互いに安全だ」

私の耳朶《じだ》に触れそうなくらい唇を近づけて、低く撫でるような声でささやきかける。たまらなくなって彼の胸に顔を埋めた。なんだか膝がガクガクして、力が抜けてしまいそうだ。

彼の言う通り、これだけ他者を寄せつけないムードを作り上げていれば、誰も話しかけてはこないだろう。

実際、こちらに目を向けた客は、うんざりして顔を背ける。牽制としては最高かもしれない。私の精神力が耐えられればの話だけれど。

ふと彼の視線が店の奥で止まった。私もそちらへ顔を向けようとしたら、その瞬間後頭部に手を回され、抱き寄せられた。

え……？　な、なに……？

突然のことに心臓が爆発しそうになる。だが彼は単に抱きしめたかったわけではないらしい、「見るな」と短く警告したあと、そっと私を解放した。

見上げれば、彼の眼差しは以前にも増して険しい。

私が見ちゃいけないものって？　彼は店の奥で一体なにを見たのだろう。

「……花澄の言っていたことは、どうやら正しいようだ」

それだけつぶやくと、飲みかけのドリンクをそのままに「行こう」と私の手を引いてフロアの出口に向かった。

ひとつめの扉を出て、私の腰を抱いたまま薄暗い廊下を歩いていく。

彼は一見冷静に見えるけれど、ここに来たときよりもずっと早足で、なにかを警戒しているようだった。

受付カウンターの男性が胡乱気《うろんげ》な目で私たちを見る。入場して十分と経《た》たずに帰ろうとしているから、不思議に思ったのだろう。

だが、中にはそんな客もいるのか、特に声をかけられることもなく私たちはクラブの外に出ることができた。

扉を出た瞬間の潮風が、やたら心地よかった。緊張で呼吸が浅くなっていた上に、煙《けむ》たくて息をしている感じがしなかったから。

大通りまで出たところで、やっと彼は私の体を解放してくれた。

「なかなかスリリングな体験だったな」

「……ええ……本当に……」

いろんな意味で冷や冷やさせられた。ぐったりしている私の手を取って、彼はもと来た道を歩き始める。さっきの密着度に比べたら、手を繋ぐくらいかわいらしく思えてくる。

「街の住民の言っていることは正しい。今後、一切あのナイトクラブには近づかないでくれ」

「クラブの中で、一弥さんはなにを見たんですか？」

「知らないほうが君のためだ」

そう言われると余計気になるものだけれど、かといって聞いて後悔するのも嫌なので詮索をやめる。

「知らないほうがいいことが身近で起きているのだと考えると、ちょっと怖いですけどね……」

見ないフリをしたところで、危険が身近に潜んでいることに変わりはない。

ふと両親が生きていた頃を思い出した。私は東京に住んでいて、夏休みはいつも母方の祖父母のいるこの街に遊びに来ていたっけ。

その頃、この街は穏やかだった。日中は私ひとりで歩き回れたし、夜は海辺で家族と花火をした記憶がある。

酔っ払った若者が街を歩いているなんてこともなかった。

「昔は、子どもが安心して歩ける場所だったのに……」

どうして危険のある街になってしまったのだろう。時代の流れだろうか。ふう、と短く息をつくと、一歩先を進んでいた彼が、歩くスピードを緩め私の隣についた。

「昔の街が恋しいか？　シーフェニックスホテルがなかったときのような、静かな街に戻ればいいと」

「……いえ、単純にそういうわけでは」

街が変わっていくのは仕方のないことだと思う。シーフェニックスホテルの恩恵を受けている人だっているし、街に若者が増え、雇用が活性化したのは間違いない。

そもそも、この街の観光地化を反対するなら、一弥さんに出ていけと言っているようなものだ。

「活気があるのはいいことだと思うんですけど」

この流れが悪いとは言わないけれど、手放しでいいとも言えない現状。

この地に住まう人々にとって、心安らぐ場所であるにはどうしたらいいか。この街を訪れた人々に心地よい場所だと感じてもらうためには、どうすべきか。

私にはその答えがわからない。

「私はただ、家族で楽しめるような、温かい場所になればいいなって」

「……そうか」

一弥さんは短く答えると、再び黙り込んだ。

むずかしい顔をしているのは、きっと仕事のことを考えているのだろう。この街が目的とする事業に適しているか、考察しているのかもしれない。

「お仕事のことですか？」

私が覗き込むと、彼は「よくわかったな」と目を大きくした。

「一弥さんは、仕事熱心なんですね。ずっと真面目な顔をして」

これまで彼は一度も笑顔を見せていない。ずっと真剣にこの街の様子を観察していた。言い換えれば、私なんて全然眼中になかったということ。

ずっと手を繋いでいたのに……と寂《さび》しい気持ちになる。

複雑な思いを抱えていると、彼はちょっぴり困った顔で髪をかきあげた。

「すまない。この愛想のない顔はもとからなんだ。別に、ずっと仕事のことを考えていたわけじゃない」

「え？　じゃあ、なにを考えていたんですか？」

あんなに怖い顔をして、どんなことを考えていたのだろう。まじまじと見つめると、彼は照れるようにふいっと視線を逸らした。

「たとえば……君のこと、とか」

「え……？」

ドキンとして、彼の目を見つめたまま硬直した。

彼も私のことを意識してくれていた……とか？

ついそんな期待が頭をよぎり、でもそれは飛躍しすぎだと慌てて自分を戒《いまし》めた。その証拠《しょうこ》に、彼の顔は非常にクールだ。

でも、心なしか繋がれた手に力がこめられた気がする。

「ええと……気遣ってくださって、ありがとうございます」

にっこりと笑いかけると、彼はまいったように眉を寄せる。

「そういう意味ではないんだが……気にしないでくれ。君が鈍感な人で助かった」

鈍感……!?　驚いて目をパチパチと瞬《またた》く。

じゃあ、どういう意味？　気になるけれど聞くこともできず、黙って彼のあとについていく。

ボナールの前まで辿《たど》り着くと、一弥さんはそっと手を解いた。

彼の感触が消えてなんだか寂しい。温もりが失われた手をさすりながら、彼と向き合う。

「花澄。今日はありがとう。感謝している」

口調は淡々としているけれど、すごく誠実な眼差しでお礼を言ってくれる。

「いえ。少しでもお役に立てたならよかったです」

彼がわずかに顎を上げ「早く行きなさい」というジェスチャーをする。どうやら私が喫茶店の中に入るまで見届けてくれるようだ。

「また、パンケーキ、食べにきてくださいね。お待ちしていますから――」

ドアに半身を滑り込ませながら、名残惜しげに彼を見つめる。

「わかった」

そう答えた彼が、ほんの少し笑ってくれたような気がするのは……期待からくる思い込みかもしれない。

カウンターライトだけが灯る薄暗い店内に入り、静かにドアを閉めた。

彼と一緒にいて、わかったことがある。

一見するとすごく寡黙で冷徹そうな人。でも本当はとても優しくて真面目な人なのだと思う。もしかしたら、感情を表に出すのが苦手なのかもしれない。

「ただいまー」

祖母へ投げかけた声は、正直言って浮かれていた。

聞きつけた祖母が奥の部屋からひょっこりと顔を出す。祖母のにんまりとした顔を見て、ほんのり頬が染まる。

「おかえりなさい。もっとゆっくりしてきてもよかったのよ？　あなたはもう大人なんだから、今さら門限なんて言わないわ」

その後、祖母にたくさん冷やかされたのは言うまでもない。

第二章　花のように可憐な人

鳳城《ほうじょう》ホテルズグループ東京本社三十階会議室。俺がひと言発しただけで、経営推進部の面々はみな沈黙し目を逸らした。

「それは言い訳であって、事実ではない。私は客観的な解釈を求めている」

静まり返る会議室。議論は完全に停滞してしまった。

「私はただ説明してほしいと言っているだけだが？」

しかし、会話の相手は萎縮し、意思の疎通どころではない。叱られていると勘違いしているのだろうか。

いつも淡々と問いかけを繰り返しているうちに、怯えられてしまう。

従兄《いとこ》である副社長、鳳城唯志《ただし》に言わせれば「その威圧感漂う視線で串刺しにされたら、そりゃあ誰もなにも言えなくなってしまうよ～」とのことらしいが。

そんなことを言われても。こんな目つきに生まれたくて生まれたわけではない。

鳳城ホテルズグループは、祖父の代で日本最大のホテルチェーンと呼ばれるまでに成長した。父の後を継ぎ社長の座についたのは三年前、二十八歳のこと。

まだ若かった俺を認める者は少なく、役員たちに『これだから世襲制は』と罵《ののし》られたものだ。

だが結果を出してからというもの、役員たちは手のひらを返したような態度で俺を敬《うやま》う——いや、恐れるようになった。

日本国内だけに留まっていたホテル経営をシンガポール、インドネシア、フィリピンとアジアに広げ、今後、アメリカやヨーロッパへの展望も予定している。三年足らずで充分すぎるほどの黒字を叩き出した。

そうくれば誰も世襲制などと文句はつけられない。若き経営者である鳳城一弥は、豪腕で冷徹な合理主義者、逆らえば即座に首が飛ぶ、などと面倒なレッテルを貼られてしまった。三十一歳となった現在も、そのレッテルは健在だ。

言っておくが、冷徹なつもりなどない。ただ、いつものトーンで必要な会話をしているだけだ。逆らわれようがクビになどしないし、そもそも社員や役員はクビにしようにも簡単には無理だ、法的に。

「……その、社長。お言葉ですが」

今年、経営推進部に配属されたばかりの新人が、恐る恐る声を上げた。

黙り込んでしまったベテラン勢に比べれば、彼のほうがよほどやる気があると見える。興味津々、前のめりになって青年を見守る。

いっそう怯えられた気がしなくもないが。

「周辺はただでさえホテル施設が供給過多な上、円高に伴いインバウンド消費も減少しています。特に輸入品に対する追加関税の影響で中国は景気が低迷しておりますし、人民元も大幅に下落しているこの状況では――」

「景気如何でこの稼働率の減少を片付けようとするか。琴之音《ことのね》リゾートは随分と中国人観光客に依存しているのだな。そもそも供給過多と言うが、その対策を兼ねたリゾート開発戦略ではなかったのか」

即座に論破され、勢いのあった新人もとうとう黙り込んでしまった。

その様子を横でじっと見守っていた副社長がペチンと額を叩いた。ああ、またひとつ若い芽が潰れた、とでも言いたげだ。

「……つまり、まだ明確な状況分析ができていないということか？」

「いえ、そういうわけではありませんが……直接的な要因がはっきりしないために、一概にどうとは言えない状況と言いますか」

「そんなことはわかっている。むしろ、世の中に一概にどうと言える状況がどれだけある？　そのための分析であって、そのための君たち経営推進部だろう」

再び会議室に沈黙が下りる。ふう、と短く息をつき、資料をテーブルの上に放る。

三十分。それが『赤字です。原因は調査中です』という結論を引き出すために要した時間だ。

「状況は理解した。至急、原因の明確化と打開策を検討してくれ」

それだけ言い置き、俺はすぐさま会議室を出た。応接室や役員室を通り越し、一番奥にある社長室に向かう。

その背中を追いかけてくる者がいた。副社長の唯志さんだ。

「かわいそうに。相当落ち込んでいたよ、新人の彼」

隣について、飄々《ひょうひょう》と肩を竦める。本気で同情しているようには見えない。たぶん、俺をからかいたいだけだ。

「怯えさせるつもりなどありません。俺はただ、話が聞きたいだけです」

「だったらそう言えばいいじゃない。君はひと言足りないんだよ」

十も年上の兄貴分の、いつものお小言が始まった。

唯志さんは辣腕《らつわん》で頭の切れる男である。柔和《にゅうわ》な性格で人を動かすことが得意、俺のような恐怖政治ではなく、ポジティブな意味で人心掌握《じんしんしょうあく》ができる男だ。

ついでに、幼い頃から俺の世話を焼き気心の知れた彼は、これ以上ないくらいに副社長に適任だった。

「知識量、判断力、決断力……社長としての資質は認めるけれど、どうもコミュニケーション能力が足りてないんだよなぁ一弥は」

鳳城家の長男という肩書きに恥じぬよう、幼少期より帝王学を学ばされ、スパルタともいえる教育を受けてきた。

人間性を無視した徹底的な教育の弊害がこれではないかと唯志さんは言う。

つまり、感情表現が下手。笑顔が下手。おだてるのが下手。ひいては、人を転がすのが下手ということらしい。社長として致命的な気がしなくもない……。

就任早々あれだけ利益を上げ周囲から祭り上げられても、唯志さんだけは冷静に俺の長所と短所を分析していた。

「俺は鳳城グループとして正しい選択をすることに集中します。細かいケアは唯志さんにお任せしますよ」

「開き直ったね。はいはい。せいぜい頑張らせてもらうよ」

社長室に到着すると、俺は執務卓に、唯志さんはソファにどっしりと腰を下ろした。

「……で。そんなところでなにをしているんです？」

突然会議室に乗り込んできて、経営推進部との話を黙って聞いていたかと思えば、社長室までついてきた。

「暇《ひま》なんですか？」

「そういう、物事すべて要か不要かで切り分けようとするの、よくないと思うよ。一見無駄に見える世間話の中にも、掘り出し物はある」

「俺からなにを掘り出そうとしているんです？」

彼から世間話を振られるときは、大抵詮索したいなにかがあるときだ。

視線を送ると彼は「怖いなぁ」なんて苦笑しながらクスクスと笑った。いや、睨んだつもりはなかったのだが……。

「シーフェニックスリゾートのほうは片付いたの？　わざわざ自分の足で視察まで行ってるんだって？　一弥がそこまでする必要はないだろうに」

今一番の懸念事項を話題に上げられ、自然と表情が険しくなる。

「あの地に目をつけた業者が不穏な動きをしています。リゾート開発が本格化する前に手を打たなければ」

「手を打つって？　なにをするつもり？」

「検挙でしょうか。もはや我々の仕事ではありませんが」

「なにがあったの!?」

ナイトクラブでの出来事を報告すると、まず叱られた。どうしてそんな危ない場所に行ったのか、自分の立場をわかっているのか、もしも巻き込まれたら――と延々と説教を食らわされる羽目になって、素直に話したことを後悔した。

「とにかく。あの土地は最大限注意しなければ。ホテル自体はもう参入してしまっているんです、破綻《はたん》させるわけにはいかない」

現状、シーフェニックスホテルは満足な売上を立てられていない。集客をアップするためのギミック――周辺のリゾート開発が必要となる。

そもそも、シーフェニックスホテル計画は、俺が社長に就任する前から動いていた。出だしから赤に近い結果を叩き出し、そのフォローアップに今さら躍起になっている。すべてが後手後手に回ってしまった。

「……わかったよ。だが君の時間は有限だ。そのほかが疎《おろそ》かになっては困る。誰かに引き継いだほうがいいんじゃないのか？」

彼の言うことはもっともだが、自《みずか》らが直接出向かなければならない理由がある。

しかしそれは、社長としての役目というより、鳳城一弥個人としての使命だ。あくまで自己満足にすぎない。またお小言に発展しても困るので黙っておく。

「なら、趣味の時間を割いていると捉えてください。あの近所に、おいしいパンケーキが食べられる喫茶店があるんです」

唯志さんが目元をぴくりと引きつらせる。パンケーキなど、口実であることに気づいているのだろう。

「へぇ。相変わらず甘党なんだ。でも、わざわざパンケーキを食べるために片道一時間半かけるなんてよっぽどだね。その喫茶店、かわいい子でもいるの？」

俺が簡単に口を割らないことを知りながら、話に乗る振りをして探りを入れてくる。差し障りのない範囲で世間話に付き合うことにした。

「ええ。よくわかりましたね」

軽口を叩きながらも、頭の中には花澄のことが浮かんでいた。

喫茶店にいる間は大抵仕事に集中しているが、それでも彼女の振る舞いは自然と視界に入ってきた。

笑顔の似合う素敵な女性だ。接客中も、こまやかに気を回してくれる。

相手によって接客の仕方を変える器用な一面も持っていて、観光客には周辺の情報を提供し、話を聞いてほしそうな相手には聞き手に回る。俺のような人間には、そっと陰から見守るに留める。

彼女と話をするために訪れる常連客もちらほらいるようだった。

ああいうのを看板娘というのだろうか。愛され慕われることで人間関係を築くタイプの人間。俺とは真逆で、尊敬の念すら抱いてしまう。

こちらがぼんやりと思いを巡らせている一方で。

「え!? 本気!? 一弥、恋愛なんて何年振り!?」

唯志さんは本気で驚いたようで、軽く失礼なことを言って目を丸くした。むしろ当初の目的以上に興味をそそられているようだ。

「浮いた噂のひとつも聞かせてくれなかったから心配していたんだけれど。よかった、安心したよ。やっぱり世間話は必要だな。とんだ掘り出し物じゃないか」

「満足いったなら、さっさと出ていってください。今日はこのあと、祖父に挨拶に行く予定なんです」

祖父と聞いて、唯志さんは「ああ」と頷《うなず》いた。

「前会長か。君は昔っから、おじいちゃん子だったものね。……まぁ、あの両親なら、おじいちゃんに居場所を求めるのも無理ない、か」

言い終えたあとで申し訳なさそうに視線を逸らす。俺は気にせず残りの仕事を片付けようとパソコンに向かった。

「前会長に挨拶に行くってことは……なるほど、そういうことか。それであの地の開発に躍起になっているわけだね」

満足げに頷き、ソファから立ち上がった。どうやら掘り出し物をたくさん見つけて、お腹いっぱいになったようだ。

「それじゃあ道中気をつけて。もう危ないことはしちゃダメだよ、君は社長なんだから。次に危ないことをしたら、おじいちゃんに言いつけるからね」

そんな脅し文句を言い置いて唯志さんは社長室を出ていく。

口うるさい兄貴分がどこかへ行ってくれて、やっと息をつくことができる。俺は残りの仕事に集中した。


八十六歳になる祖父は、すでに経営から身を引き、東京から離れた場所で隠居生活を送っていた。祖母とも死別し、ひとり暮らしだ。使用人が家事をサポートしてくれている。

その場所こそがシーフェニックスホテルの目と鼻の先——ホテルから車を二十分程度走らせた丘の上にある豪邸。以前、鳳城家が別荘として使用していた邸宅だ。

東京からは車で一時間半。俺が顔を見せると、祖父は杖をつきながらもしっかりとした足取りで玄関ホールまで迎えに来てくれた。

「一弥か。よく来たな」

祖父はあまり笑わない。自分が言えたことではないが、感情表現が乏《とぼ》しい。俺のこの不愛想は祖父の遺伝かもしれない。

それでも祖父からは愛されているのだと実感できる。あの両親に比べればよっぽど。

「脚の調子はいかがですか？」

「好調だ。杖がなくとも歩けそうだ」

客間へ行くと、使用人が作った豪勢な夕食が並んでいた。十人がけの大テーブルに、向かい合って座る。

「それで。宿題の見通しは立ったのか？」

祖父からの宿題。それは、あのシーフェニックスホテルの客室の平均稼働率を八〇パーセントに上げること。

ハッキリ言って、かなりの難問である。ビジネスホテルやシティホテルならいざ知らず、都心から離れたリゾートホテルの稼働率を八〇に保つなど。

リゾートホテルは地方に行けば行くほどシーズンのオンとオフで集客に差が出る。オフは五〇もざら。幸いにもこの地は首都圏内であるから、六〇台は保っているが、それでも八〇はかなり高いハードルだった。

「集客を常に一定水準保つための施設やアクティビティは、今後必要になってくると考えています」

「コンセプトは？」

「家族で楽しめるリゾート」

花澄の言葉『家族で楽しめるような、温かい場所』が脳裏に浮かぶ。穏やかなあの街にはぴったりのコンセプトだと思っている。

しかし、祖父は納得がいかなかったらしく、皮肉めいた笑みを浮かべている。

「お前が家族とは」

独身である俺が家族を語ったことが滑稽《こっけい》だったようだ。

「一弥。お前に家族のなんたるかが理解できるのか？　子どもを作るどころか、守りたい女のひとりも見つからぬお前に」

むっと眉間に皺を寄せた。それを言うなら父はなんだ。母を捨て、若い女に乗り換えたあの男に、家族のなんたるかが理解できていたとは到底思えない。

「父ですらできていたのですから」

あんな父でも家族向けのリゾート開発を指揮していたのだから、自分にできぬはずがない、という嫌味だ。

「あれには家族がいるだろう」

「父は俺たちを家族だとは思っていません」

俺の言葉に、祖父は大きくため息をついた。嘆《なげ》かわしげに肩を落とす。

「やはり、一弥。お前はなにもわかっていない」

祖父の言葉は抽象的すぎて理解できない。一体なにが不満なのか、自分のなにが至らないのか。

「俺になにを理解させたいのですか」

耐えかねて尋ねると、祖父は日本酒にちみちみと口をつけながら、顎をしゃくった。

「結婚して子どもを作れ。そうすれば理解できることがある。ホテルの経営者としても、今以上に成長できるだろう」

ぐっと唇をかむ。結婚とホテル経営になんの因果関係があるのか。

そもそも、俺はこの宿題において、根本的に納得のいかない部分がある。

「お祖父《じい》さま。なぜこの地をホテルの建設地に選んだのですか」

俺が社長に就任する以前から、すでにこの地に建設計画はあった。しかし、当時なぜこの地が選ばれたのか、どうも腑に落ちない。

父親にも尋ねてみたが、ひと言「前会長の決定だ」としか教えてくれなかった。

「儲けだけを考えるなら、ほかに適した土地がいくらでもあったはずです。なぜこの地でなければならなかったのですか」

別荘の多い有名な避暑地ではあるのだが、集客を考えればもっと効果的な観光地があるだろう。

祖父は遠い昔を懐古するように虚空《こくう》を見上げた。その仕草から、なにか深い理由があるのだと悟る。

「私がまだ一介の建築家だった頃。この地に白鳳《はくほう》旅館の第一号館を建設する予定だった。だが、社長の意向でその事業は頓挫《とんざ》した」

白鳳旅館とは、現在建てられているホテルの前身となる施設だ。鳳城ホテルズグループが全国展開するための基盤となった施設とも言える。

祖父はもともと鳳城財閥の人間ではなく、建築家だった。鳳城家の長女だった祖母と結婚するとともに、鳳城ホテルズグループの社長の地位を受け継いだという。

つまり、この話は、祖父がまだ結婚する前、二十代の頃の話だろう。

「当時の社長は、なぜ計画を差し止めたのですか」

「単純な話だ。他に大きな儲け話が持ち上がった。東京でのホテル開発が本格化し、そちらを優先させることになった」

アーバンフェニックス東京――今や東京で三本の指に入るホテルと言っていいだろう。常に稼働率は一〇〇パーセント、ブライダル事業も手掛けており、有名レストランも多く併設されている。

「当時の社長の選択は正しかった。しかし、私個人としては、この地の建設事業をまっとうしたかった。ホテル建設を楽しみにしてくれていた地域住民に、申し訳ないことをしてしまった」

祖父の弱気な姿は珍しかった。かつては豪腕の経営者、それこそ冷酷なホテル王などと呼ばれていたのに。

「この地には、私がまだ建築家として駆けだしの頃に世話になった人々がたくさん住んでいた。いつか自分の設計したホテルでこの地を豊かにし、恩返しをしたいと考えていたが、鳳城家に嫁《とつ》ぐとともに建築の仕事からは離れていってしまった」

一建築家から経営者に。トップに立ってしまったからこそ、好きにできないこともあったのだろう。

「今となっては、事業があったことを知る人間はほとんどいなくなってしまった。だが、この地の開発は私の人生のケジメだ」

本当は、すべて自分の手でやりきりたかったのだろう。だが、途中で体を壊し、引退を余儀なくされてしまった。結局、ホテル自体は建設されたものの、リゾート開発という意味では不完全に終わった。

「この地を、一弥、お前に託《たく》したい。この宿題を終える頃には、経営者として一人前になっているはずだ」

——つまり、祖父はまだ自分を一人前の経営者として認めてくれていないということだろう。ならば、期待の上をいかねばと気持ちを引き締める。

「わかりました。この地は俺が引き受けます」

もちろん、祖父の期待に応えたいという気持ちも大きいが、今はそれだけではない。俺にもあの街にちょっとした愛着が湧いた。あの地に住まう彼女——花澄が喜んでくれるような街を作ってやりたい。

そもそもあの喫茶店『ボナール』は、祖父が建築家時代によく昼食を食べに通った店らしい。以前、祖父が「あの店はまだあるだろうか……」とぽつりと漏らしたのを聞いて、訪ねてみようと思い立った。

「……そういえば、おっしゃっていた例の喫茶店、まだありましたよ」

祖父がぴくりと日本酒を傾ける手をとめる。リアクションは薄いが、目がしっかりとこちらを向いているところを見ると、興味を引かれたのだろう。

「品のあるよい店でした」

「……そうか」

どこかホッとしたような顔をする。祖父の中にある面影と一致したのかもしれない。

「お連れしましょうか？」

「いや。いい」

てっきり行きたいのかと思ったが、そういうわけではないらしく、祖父は素っ気なくかぶりを振る。

「あるなら、それでいい。みなしあわせだということだろう……」

昔を懐かしむようにつぶやく。深く詮索されたくはないようで、祖父はそれ以上なにも語らず、もくもくと食事を口に運んだ。


いざ『家族で楽しめるリゾート』と言っても、革新的なアイデアなど浮かんではこない。教科書に載っているような事例ならいくらでも頭に入っているが、それであの祖父が満足してくれるとは到底思えない。

コストを度外視すればいくらでもやりようはあるが、それこそあの地域のバランスを根本から崩してしまうだろう。土地柄を活かした開発という鳳城グループの基本コンセプトからも外れることになる。

彼女なら、なにか具体案があるだろうか？

暗礁《あんしょう》に乗り上げた俺は、花澄に会いに行くことにした。彼女の話を聞けば、あるいは実際にあの土地を見ながら考えれば、名案が浮かんでくるかもしれない。

その日、シーフェニックスホテルにて月初の定例会議を終えたあと、支配人と昼食をともにしながら現状について聞き取りを行った。

ちょうどシーズンということもあり、稼働率は一〇〇に近い。だが、問題はこの先だ。秋冬の海をどう売り出すか、打開策はまだ見えていない。

午後二時。車をホテルの駐車場に止めたまま、徒歩で喫茶店に向かった。

普段は夕刻に近い時間に訪れるのだが、この日は日中から姿を見せたこともあって、店に入った途端、花澄は目を丸くした。

しかし、すぐにいつもの眩しい笑顔を取り戻し「いらっしゃいませ！」と席へ案内してくれる。

「せっかく来てくださったのに、ごめんなさい、奥の席が埋まっていて」

少し待っていてくださいね、とカウンターに通された。

「かまわない。今日は君と話がしたくてきた」

「え……？」

花澄の顔が朱に染まる。ナンパと思われてしまっただろうか。だが、頬を火照らせる彼女を見るのは悪い気がしない。とても愛らしい。

ふたりの会話を遮《さえぎ》るかのごとく「すみませーん」とうしろの客席から手が上がった。花澄は「はい！」と返事をして慌ただしく駆けていく。

そのうしろ姿をぼんやりと見つめながら物思いにふける。

本当に、花のように可憐《かれん》な人だ。

ナイトクラブで彼女の腰を抱いたとき、自身の鼓動がいまだかつてないほど昂《たかぶ》っていたことを思い出す。

触れた髪は絹《きぬ》のように柔《やわ》らかく、ときたまこちらを覗き込む大きな瞳は宝石のように輝いていた。彩る長い睫《まつ》毛《げ》は胡乱気で、ふんわりと桃色に色づく唇は食べてしまいたいくらい――。

……とそこまで考えたところで思考を止めた。それくらいにしておこう。このままでは彼女をまともに見つめられなくなりそうだ。それも情けない。

ふと視線を正面に向けると、今日はカウンターに見たことのない青年が立っていた。まだ二十代前半だろう。黒縁の眼鏡をかけていて俺より少し背が低く細身だ。

睨みつけてくるような気の強い眼差しは気に入った。最近、こんな目で真正面から向かってくる部下がいなかったから新鮮だ。

そこでふと疑問が湧いた。なぜ睨まれる？　客である自分に対して、そこまで敵対心剝《む》き出しなのはどうしてだろうか、と。

「あら、来てくださったんですね。先日はありがとうございました」

カウンターの奥の部屋から年配の女性が出てきて、にっこりと笑う。花澄の祖母だ。

年齢は七十歳を過ぎたくらいだろう。線が細く、所作は美しい。優雅な貴婦人といった印象の女性だ。

祖父が通っていた当時、婦人はすでにここに勤めていただろうか？

年齢的に考えて、祖父は二十代後半、婦人はまだ十代だったかもしれない。

話を切り出したところで、知らない、あるいは覚えていない可能性が高いだろう、口にしないほうが賢明《けんめい》だ。

「先日は花澄さんを遅くまで連れ出して申し訳ありませんでした」

「とんでもない。あの子を助けてくださって本当に感謝しているんですよ、ふふふ」

婦人が隣の青年に「ほら、この方が前にお話しした素敵な方よ」と肘でつつく。

青年はいっそう険しい顔をして、こちらを睨んだ。

「ご注文は、どうされますか？」

すごくぶっきらぼうな声。サービス業でそれはどうなのだろうと首を捻る。

「アイスカフェラテを」

青年は慣れた様子でコーヒーを抽出する。先日、花澄が男たちに絡まれた直後にあわあわとコーヒーを淹れてくれたが、そのときよりはよっぽど慣れた手つきだった。

「どーぞ。……花澄さんを目当てに来たんですか？　無駄ですよ。この時間、彼女はとても忙しい」

どうやらその通りで、彼女は客席をパタパタと動き回っている。

常連客の話し相手、観光客にはメニューの説明と近隣の案内。奥のご老人は、花澄に話を聞いてもらいたくて仕方がないといった様子で引き留めている。

まさに看板娘だな、と感心しながら見つめる。

……と、あの若い男は花澄をナンパしていないか？

眉をひそめて見つめていると、すかさずカウンターの青年が飛んでいって、花澄に別の座席の接客を依頼した。青年は代わりに男の相手を務めようとするが、男は興味を失ったようで、しばらくすると店を出ていった。

……なるほど。あの青年はボディーガードか。

青年がカウンターに戻ってくる。しかし、いくら待っても花澄の手が空く気配はない。常連客が増え、話し相手と注文を捌くので手一杯。カウンターに戻ってきてもすぐさま呼び戻されてしまう。

「残念だ。彼女と話がしたかったんだが。日をあらためることにする」

そう言って空になったグラスをテーブルに置くと、青年が冷ややかな声で言った。

「花澄さんを狙っても無駄ですよ。彼女、結婚して子どももいますから」

ぴくりと片眉を跳ね上げる。まさか、既婚者だったのか？

そんな素振りはまったく見られなかったが……いや、勝手に願望を込めて独身だろうと決めつけていただけかもしれない。明確に「独身です」と言われたわけでもない。だとしたら、相当失礼なことをしてしまった。ご主人やお子さんがいるにもかかわらず、夜、遅くに連れ出してしまったのだから。

しかも、既婚女性の手を握って街を歩き回っていたとは。あまつさえナイトクラブに連れていき、腰を抱いていただなんて。

悶々《もんもん》と考えを巡らせ、頭を抱えた。土下座したい気分だ。

この胸の痛みは罪悪感だろうか。人妻に胸をときめかせていた自分の愚《おろ》かさに羞恥を覚える。

「ナンパ目的でしたら、別の店に行くことをお勧めします」

青年の冷めた視線が突き刺さる。

「……忠告、感謝する」

飲み終えたアイスカフェラテの隣に千円札を置いて、俺は店を出た。

店を出る瞬間、接客中の彼女のはつらつとした笑顔を目にして動揺する。

あの笑顔が自分ではない特定の男性のものだと考えると、なぜだか胸がざわついて収まらなかった。


その日の十七時半。俺は再びボナールを訪れた。

わざわざもう一度足を運んだのは、仕事のためである。実際に家族を持つ彼女に、この街の理想とする姿を聞いてみたかった。

だがなによりもまず、先日の非礼を詫《わ》びなければ。

店のドアをくぐると、花澄は一瞬驚いた顔をしたものの、すぐにその表情は綻び愛らしい笑顔に変わった。

「いらっしゃいませ！　よかった、また来てくださったんですね！」

その顔を見て安堵するとともに、距離を保たなければという理性が湧き上がる。彼

やがて父親は再婚したが、新しい母親とは疎遠のままだ。歳を追うごとに孤独《こどく》感にも慣れていった。

家族の絆などいらない。鳳城家の跡取りとして、この代表取締役社長という肩書きをもらえただけで充分だ。あとはひとりでいくらでもやっていける。

遠くを見つめ、不毛な感傷に浸っていると。

「子どもって……まさか、私の子どもですか？　私、独身ですけど……」

花澄がドリップポットを持つ手を止め、おずおずと切り出す。

思わず「は？」と素っ頓狂な声を上げてしまった。

「私、子どもがいるように見えました？　そう言われたのは初めてなんですが……」

「……いや、そういうわけではなく」

どういうことだ。彼女は結婚しているわけではないのか？

だが妙にホッとした。ああ、まだ彼女は誰のものでもないのだと。

それにしても、従業員の青年はなぜ花澄が既婚者だなんて嘘をついたのだろう。

ふと彼がナンパに興じる客から花澄を守っていたことを思い出した。

この嘘は、花澄を狙う客を追い払うための方便なのかもしれない。

「……すまない。誤解していた」

沈鬱につぶやくと、彼女は空笑いを浮かべながら布フィルターにお湯を注いだ。

ふと再び手を止めて、遠慮がちにこちらを覗き込む。

「……あの……一弥さんは……その……独身なんですか……？」

すごく聞きづらそうに問いかけてくる。そわそわしていて、また火傷《やけど》をしてしまわないか心配だ。

「……独身だ。特に決まった相手はいない」

「そうですか……！」

素直に答えると、彼女はホッとしたように肩を落とした。妙にうれしそうである。

「あの日のことを謝罪しなければと思っていた。既婚者の手を引いて夜遅くに歩き回ってしまったかと……」

「じゃあ、謝る必要はありませんね」

できあがったアイスカフェラテを差し出しながら、彼女は笑顔で答える。

「そうだな。次は堂々と連れ回すことができる」

「まだどこか視察したい場所が？　ご案内しますよ」

次いでパンケーキの準備に取りかかりながら、彼女がキラキラとした瞳をこちらに向ける。

「……いや、もう視察は充分だ」

丁重に断ると、彼女は「そうですか……」と少しがっかりした顔をした。

「案内したかったのか？」

「お役に立てればと思ったんですけど」

そんなことで落ち込む必要なんてないのに、彼女はしゅんと悲しげに目を伏せる。

喜怒哀楽《きどあいらく》のわかりやすい女性だ。少し羨《うらや》ましい。悲しげな眼差しさえ愛くるしく魅力的だ。

そのとき店のドアベルが音を立て、客が入ってきた。

どうやら初めて来店する客のようで、彼女は座席まで案内して丁寧に説明をする。

やはり仕事中に話を聞くのは無理か。慌ただしいし、集中できない。彼女がお冷とおしぼりを客のいるテーブルへ運び、注文を聞いて戻ってきたところで声をかけた。

「今度は俺に案内をさせてもらえないだろうか」

彼女が「え？」とこちらを振り向き、驚いたような顔をする。

「一緒に食事でもどうだろう。エスコートする。先日の案内の礼だ」

彼女の瞳がパッと輝き、長い睫毛がぱちりと上下した。

そんな瞬間的なさりげない仕草にも、魅《み》せられてしまう。

「……お礼のお礼なんて、本来は断るべきかもしれませんが」

「なら、言い方を変える。食事に付き合ってほしい」

「……私なんかでよければ」

彼女の表情はどこか不安そうだ。『私なんか』とはどういうことだろう。花澄でなければ頼まないのに。

「君がいい」

その言葉を聞いた途端、彼女の頬が赤く染まり瞳が潤《うる》んだ。

従業員の青年がボディーガードをしていた理由がよくわかった。こんな顔で接客をされたら危なっかしいことこの上ない。男に勘違いされてしまう。

「この店の定休日はいつだ？」

「月曜日です」

「では、来週の月曜日でどうだろう？　昼食をご馳走させてくれ」

「私でよければ、よろこんで……！」

花の咲くような笑顔に、彼女を誘って正解だったと、早くもそんな予感を覚えた。

第三章　俺に家族を作ってほしい

『君がいい』

普段は寡黙でにこりともしない彼が、熱っぽくそんなことを言いだしたものだから、頬が真っ赤に染まってしまい隠すこともできなかった。

食事に付き合ってほしいという。

彼の誘いにお礼以上の意味なんてないと、よくわかっているのだけれど。

……デート……なんて意識しすぎよね？

祖母から、そして一弥さん本人からも鈍感というお墨付きをもらってしまった私だが、さすがに男性とふたりでお食事に行くとなれば考えてしまう。

なにを着ていけばいいだろう。カジュアルすぎても微妙だし、気合いを入れすぎるのもどうなの？

でも……かわいいって思ってもらいたい。

私が頭を抱えている横で、祖母はとてもうれしそうにしている。

「よかったわぁ……孫にやっと春が訪れて……」

お茶をすすりながら、お花見でもしているかのようにうっとりと斜め上を眺めた。

「おばあちゃん……そういうんじゃないから、あまり期待しないでほしいの……」

じゃないと私が期待してしまう。

このことを聞いた那智くんは相当驚いたらしく「そんな……どうして……そうならないようわざわざ手を打ったのに……」なんて、なにかブツブツ言いながら目を剝いていた。


翌週の月曜日の昼。一弥さんは車で私を迎えに来てくれた。

上品なフォルムをした白いセダン。ノーズには誰もがそれとわかる有名なエンブレムが輝いている。

どうしよう、想像以上の高級車だ。身なりがいいなぁとは思っていたけれど、やっぱり彼ってばお金持ち？

私はさんざん悩んだ挙句に決めた自身の服装を見下ろして、今さら不安を覚えた。

白地にベージュの花が描かれたワンピース。足元はサンダルだ。スエード地でヒールもあって一見上品に見えるけれど、つま先が開いている。……少しカジュアルすぎただろうか。

「一応車で来たが、目的地はそう遠い場所ではないんだ」

一弥さんはそう説明して、私を助手席にエスコートしてくれる。

「どちらへ行く予定なんですか？」

「シーフェニックスホテル」

運転席に腰を下ろしながら答える彼。なるほど、あそこならレストランがいくつか入っている。

ただし、高級リゾートホテルだけあって、どのお店もお値段はそこそこ高かったはずだ。中には三ツ星を獲得した超高級フレンチレストランなんかも入っていて、連日予約で埋まっているとかなんとか。……さすがにそんな場所には連れていかれないと思うけれど。

やっぱり、サンダルはまずかったかな……？

隣を見れば、彼はしっかりとブラックジャケットを羽織っていた。

ガチガチのフォーマルというわけではなく、柄入りの袖を折り返して七分丈にアレンジしていたり、襟なしのブイネックのインナーを着ていたり、カジュアルダウンしてはいるけれど、それもまた逆に洗練されて見える。

……格好いいなぁ。

こんな人と一緒に食事ができるなんて、私はとんでもなくしあわせものだ。

一弥さんのことをちらちら覗き見ていると、彼はシートベルトを締めながら「どうした？」と眉を寄せた。

「あ、いえ、ごめんなさい。きちんとした格好をされているな、と思って」

「君もきちんとしている。それに、いつも以上に綺麗《きれい》だ」

『綺麗だ』なんて言われて動揺するが、社交辞令《しゃこうじれい》の一種だろう、真に受けちゃダメだ。

「ありがとうございます……でも、その、シーフェニックスホテルのレストランって、ドレスコードのあるお店も多いって聞いたものですから、大丈夫かなって……」

「問題ない。そもそも、俺の連れに口を出すようなスタッフはいないだろう」

え？　と私は首を傾《かし》げる。今の、いったいどういう意味？

それに、と彼は少し躊躇《ためら》いながらも言葉を選ぶ。

「……一段と美しい今日の君を、周囲に見せびらかして歩きたいくらいだ」

「──っ」

今度こそ激しく動揺する。ちょっとお世辞がすぎないだろうか。

真顔でそういうことを言わないでほしい。頬が緩まないようにぎゅっと唇を引き結んでいると、私が嫌がっていると勘違いしたのだろうか、彼が不安そうに切り出した。

「隣にいるのが俺では、迷惑か？」

「え!? や、とんでもありません！　むしろ、光栄というか」

「ならいいが。今日の君は少し落ち込んでいるように見えたから。俺の勘違いだといいんだが」

この緊張と動揺を落ち込んでいると捉えられてしまったらしい。しまった、と私は手で口元を覆う。うれしすぎて困っているだなんて、どう伝えたらいいんだろう。

「ち、違うんです……その……一弥さんが、あまりに素敵だったので、隣にいるのがこんな私で大丈夫かなって」

恥ずかしさを呑み込んで素直な褒め言葉を口にすると、彼の目元がわずかに緩んだ。

「俺にはもったいないくらいの気遣いだな。ありがとう」

笑っているのかな？　そんなふうに思わせる表情を浮かべてくれる。

それがまた一段と秀麗で、ドキドキして目が離せない。

「だが、君には笑顔でいてほしい。俺の中の君はいつも花のように笑っているから」

「花、ですか？」

「わかりにくいか？　可憐だと言いたかった。それに、美しく咲いた花を見るとしあわせな気持ちになるだろう」

それは、私の笑顔が彼をしあわせにしているという意味？　真剣な顔でそんなことを言うなんて、反則だ。

彼から視線を逸らせなくて困っていると、不意に彼の手がこちらに伸びてきた。

触れる直前でシートベルトが突っ張り、彼は我に返ったかのように手を引っ込める。

「……どうかしましたか？」

「いや……髪が顔にかかっていたから。だが、急に触れるのも不躾《ぶしつけ》かと」

「え……」

ドキリとして、慌ててサイドの髪を両耳にかける。いつもと違って髪を下ろしているから気になったのだろうか。

私の動きを見て、彼が困った顔をする。

あ、ここはお願いするべきだったかしら？　つい自分でやってしまった。

「いえ……あの、触れられたくないわけではなくて……」

彼も彼で、ナイトクラブにいたときは、勝手に髪に触れたり腰を抱いたり大胆なことをたくさんしていたくせに。今さらどうして躊躇うのだろう。

「ナイトクラブのときは、特に気にせず触れていたじゃありませんか」

「ああ、そうだったな。あのときはすまなかった」

彼が少しだけ頬を赤くして、照れたように目を逸らした。

「あのときは状況が状況だったからな。君を守ることに必死だった」

「謝らないでください、嫌だなんて、思っていないので」

「なら、触れてもかまわないか？」

思わず顔を上げて彼を覗き込む。すると、パチリと目が合って、まるで吸い寄せられるかのように顔の距離が近づいていった。

まさかという思いが頭をよぎる。触れるって、もしかして……。ううん、待って、いくらなんでも急すぎるんじゃない？　でも、不思議と嫌な感じはしない。

このまま身を委ねるべく目を閉じようとして……。

その瞬間。ぎっとシートベルトのバックルが引っ張られる音。再びベルトが突っ張ってふたりを阻《はば》む。

彼は我に返り、慌てて私から距離を取った。

「……すまない。顔を合わせたばかりなのに。少し調子に乗りすぎたな」

彼は申し訳なさそうに謝って、車のエンジンをかける。

私は「いいえ」なんて言って窓の外を眺めるが、心の中ではシートベルトを恨めしく思っていた。

シーフェニックスホテルへ入るのは初めてだ。いつもその豪華な外観を遠くから眺めるだけだったから。

洋風でクラシカルな内装は、どこかボナールの世界観と通じるものがあった。

だが、ボナールを貴族のお屋敷と例えるならば、ここは宮殿《きゅうでん》。スケールが違う。歴史を感じさせるようなレトロ感はなく、どこもピカピカに輝いている。

これがリゾートホテルかぁと、ほおっと息をついた。ここに泊まれば、さぞかしお姫さま気分を堪能できることだろう。

「噂には聞いていたんですが、本当に素敵なホテルですね」

「気に入ってくれたならよかった」

感情の起伏の少ない彼だが、その言葉は心の底から喜んでいるように感じられた。

きっと彼にとっても、お気に入りのホテルなのだろう。そんなとっておきの場所に案内してもらえたことを光栄に感じながら、彼のあとについていく。

辿り着いた先は、フレンチレストランだった。その雰囲気と店名を見てぎょっと足を止める。ここ、噂の超高級三ツ星レストランじゃ……。

「あの……一弥さん、まさかここに……？」

「フレンチは嫌いだったか？」

「いえ、そんなことは……！」

パタパタと手を振って、そういう問題じゃないと訴える。

お金の心配をするのは失礼だろうか。あんな高級車に乗っているくらいだから、私の金銭感覚とは違うのだろう。

でも予約はどうしたの？　ただでさえお客さんの多いシーズン、何カ月も前から予約しなければ席をとれないと聞いたけれど。

彼が入口で足を止めると、すぐさまスタッフがやってきて、深々と一礼した。

「鳳城社長。お待ちしておりました。お席へご案内致します」

スタッフの言葉に私はぴくりと反応する。今、社長って言ってた……。

なるほど、それならあの高級車にも納得がいく。

お店の人に顔と名前を覚えられているくらいだから、お得意さまなのかもしれない。

連れていかれたのは一番奥の個室。びっくりするほど豪勢な一室だった。

部屋は円形で、せり出した窓からは見事なオーシャンビューが望める。爽やかな空と海が、青々と広がっていた。

白とゴールドを基調とした上品な内装で、天井には華やかなシャンデリア。その真下にふたりがけのテーブルが置かれていて、高級感漂うシルバーのカトラリーが並んでいる。

この広々とした部屋をふたりだけで使うのだろうか。思わず一弥さんを見上げてしまったが、彼はまったく動じていない。

「あの……すごく豪華なお部屋ですね……お部屋も眺めも、とっても綺麗で」

「ありがとう。ここは特別な部屋なんだ。本当に大切な客をもてなすときだけに使っている」

誇らしげに彼は頷く。

なんとなく彼の言い方が引っかかった。私と同じお客さんというよりは、ホテル側の目線に近い気がするのだけれど……どうして？

席につくと、すかさず白ワインのボトルを手にした男性がやってきた。案内役のスタッフとは制服が違う。スーツに蝶ネクタイ――ソムリエだろうか。

「こちらは、支配人からでございます」

ラベルをこちらに見せながら、名前と年代を読み上げてくれる。私にはさっぱりわからなかったが、一弥さんはピンと来たようだ。

「立派なシャンパンだ。感謝すると伝えてくれ」

「かしこまりました」

どうやらワインではなくシャンパンだったらしい、違いがわからなくてごめんなさいと心の中で恐縮する。

ソムリエがシャンパンをグラスに注ぐと、丸みを帯びた底で金色の液体が踊るように跳ね、しゅわしゅわとした気泡を生み出した。

それにしても、支配人からご馳走になるなんて。彼ってもしかして、お得意さまどころかすごいVIPなんじゃ。

ふたりきりになったところで、私は恐る恐る彼に尋ねてみた。

「一弥さんって、このホテルの支配人とお知り合いなんですか……？」

「知り合いというか……ビジネスパートナーだ」

ますますわからなくなって目を瞬かせていると、彼は懐からカードケースを取り出した。

「そういえば、名刺を渡しそびれていたな。君に渡そうと用意していたんだが」

名刺を一枚引き抜くと、裏面を表にして渡された。そこには手書きで電話番号とメールアドレスが書かれている。

「それは個人用だ。仕事中は繋がりにくいから、急ぎの用件であれば表にかけてもらってもかまわない。花澄と名乗ってもらえれば、繋がるようにしておく」

名刺をひっくり返して凍り付く。このホテルの玄関にも刻まれている、翼を広げた鳳凰《ほうおう》のシンボルマークが入っている。

鳳城ホテルズグループ代表取締役社長、鳳城一弥……って、これ……。

「え、えぇぇっと……」

頭の処理が追いつかない。待って、社長ってまさかこのホテルの？　支配人とビジネスパートナーどころか、オーナーじゃない！

しかも、鳳城家といったらこの国を代表する財閥だ。

確かに育ちのよさそうな人だなぁなんて思っていたけれど、そんなにすごい家柄の人だったなんて……。

硬直する私をよそに、彼は淡々と説明する。

「この地域の自治体からは、シーフェニックスホテルの建設を機に、観光客の増加はもちろん、消費も伸び、経済が潤ったと報告を受けている。だが俺としては、この地はもっと発展できると踏んでいる」

気がつけば彼は真剣な目でこの街の未来を語っていた。いつもながらクールな様子ではあるけれど、その言葉には熱い思いが宿っているとわかる。

「もちろん、この地の住民をないがしろにするような発展は、俺としても望まない。地域の特性を活かした開発がうちの会社のポリシーだ。だからこそ君に、この街の望むかたちを尋ねた」

「あ」と私は、この街を案内した夜のことを思い出す。

「『家族で楽しめるような、温かい場所』──だったよな」

そのときの私の答えを、彼が繰り返す。

「覚えていてくれたんですね」

「ああ。俺も君の意見に賛成だったから」

私の言ったことを、真剣に考えてくれたみたいだ。

財閥の人というから身構えてしまったけれど、彼は彼。変わらず誠実だ。

「正直言って、この地をどう発展させていくか、まだ明確なプランがない。だから君の助けが借りたい」

視線が交わってドキリとする。漆黒《しっこく》の瞳の奥に、強い意志が宿っていた。

「それに、君を見ていると、この街に必要なものがなんなのか、わかる気がする」

「私、ですか……？」

言葉が足りないのか、抽象的すぎるのか、いまいちピンとはこないけれど……。

つまり、私を住人代表みたいに思ってくれているのだろうか？　私というスクリーンに住民の意思を投影しているのかもしれない。

「この地の発展に誠心誠意《せいしんせいい》尽くすと誓う。だから、傍で見ていてほしいんだ」

「……私にできることでしたら、なんでも」

重たいくらいの誠意と熱意を受け取って、シャンパンで乾杯《かんぱい》する。

いまいち感情表現の乏しい彼だけれど、そのクールな眼差しの奥には熱い心があるのだと伝わってきた。

彼はものすごく情熱的な人だ、そう確信した。


オシャレでおいしいフレンチを堪能して、私たちはホテルを出た。

まだ帰るには少し早い時間。彼はこの街をだいたい歩き尽くしたそうだが、一緒ならまた違った景色が見えるかもしれないと、ふたりで散策に出ることにした。

けれど――。

……なんでまた手を繋がれているんだろう？

私の右手をとり、指を絡ませ、一歩先を歩く彼。

今は夜じゃないし危険でもないのに、どうして手を繋いでくれるんだろう？　なんだかドキドキしてしまって、散策どころではない。

仕事柄、話を振るのは得意なはずなのに、彼と一緒だと頭が真っ白になってしまう。

黙って彼のあとについていくと、突然彼がピタリと足を止めて、こちらを振り向いた。怖い顔で私の足元にじっと目を落とす。

「大丈夫か？」

気遣い自体はうれしいけれど、主語がないのでわからない。それに目つきも怖い。

ずっと足を見つめているのは……どうして？

「大丈夫ですけど……なにかありました？」

「君は普段、あまりヒールを履かないだろう」

「ああ……！」

今日のサンダルは、五センチ程度のヒールが付いている。細いヒールではないから歩きづらくはないのだけれど、男性からすると大変そうに見えるみたいだ。

「大丈夫ですよ。このヒール、歩きやすいので」

「疲れたら体重をかけてくれていい」

「え？」

ってことは、この繋がれた手はもたれやすいようにだろうか。歩行サポート？

「一弥さんだって、革靴で歩くのが大変そうですよ」

「歩き慣れている」

「あんなに大きな会社の社長さんなのに、自分の足で歩くんですね」

「視察は必要だ。自身の足で歩かなければ、その街の空気が摑めない」

というより、社長自身が視察をすることが驚きだ。細かいことは部下に任せて、社長は判子を押すだけ、そんなイメージがあった。

「新しくホテルを建てる場所を、全部をこうやって歩いて回っているんですか？」

たくさんホテルを展開している会社だから、ひとつひとつを確認するのはとても大変だと思う。

彼は「だいたいは。だがここは特別だ」と繋がれた手を強く握った。

「この地は、祖父から託された。期待に応えたいんだ」

「お祖父さま……ですか？」

「ああ。後を継いだからには、情けない結果は見せられない」

言葉に強い決意を感じた。私と歳はそう変わらないだろうに、彼の肩に圧し掛かる責任はとても重たい。

のんびり生きている私とは比べものにならないほどの高い志《こころざし》を持っている。

立派な人だな。そんな思いとともに彼の横顔を見つめていると。

道の先からけたたましい子どもの泣き声が聞こえてきて、私たちは何事かと足を速めた。

泣き声の主は五歳くらいの女の子だ。周囲には誰もおらず、両親も見当たらない。

迷子《まいご》……そう直感し、一弥さんと顔を見合わせる。私はその子のもとへ向かい、しゃがみ込んで目線を合わせた。

女の子の大きな目からは涙がボロボロとこぼれてくる。光に透けて栗色に見える髪を両耳の下でちょこんと結び、背中には小さなリュックを背負っていた。

「どうしたの？　お父さんとお母さんは？」

女の子は泣きながら「い、いなくっ、なっちゃ……」とたどたどしくも精一杯答える。やっぱり迷子のようだ。

「大丈夫。一緒に探してあげるから。だから泣かないで。お名前を教えて」

私が女の子の背中を撫でると、少しだけ落ち着いたみたいで、ひくひくとしゃくりあげながら「ささき、ひまり」と答えた。

名前はひまりちゃん――この辺りでは見かけたことがないから観光客だろうか。どの宿泊施設に泊まっているかさえわかれば送ってあげられるのだけれど。

ひまりちゃんが落ち着くのを待って、私は質問を再開する。

「この近くに住んでいるの？　それとも、遠くから来たの？」

「とおく……」

やはり観光客のようだ。ひまりちゃんは言い終えると、余計悲しくなったのか、またひくひくと肩を震わせ始めた。

一弥さんが、彼にしては優しい口調で「どこではぐれたんだ？」と尋ねる。

でもやっぱり目つきは鋭いし、上から見下ろす姿は威圧感たっぷり。びくりと怯えたひまりちゃんは再び泣き出してしまった。

彼が申し訳なさそうに後頭部をかく。

「……すまない。子どもは苦手なんだ。いつも泣かれる」

きっと扱いに慣れていないのだろう。私はしゃがんだまま一弥さんの手を引っ張る。

「一弥さんは大きいから、びっくりされてしまうんですよ。目線を合わせてあげてください」

彼にもしゃがんでもらうと、私はハンカチでひまりちゃんの涙を拭いた。

「このお兄さんは、とってもすごいのよ。きっとひまりちゃんのお父さんもお母さんも、すぐに見つけてくれるわ」

ひまりちゃんは恐る恐る一弥さんを覗き込む。まだその目はおっかなびっくりだ。

「ほんとに？」

一弥さんは真剣な眼差しで頷く。

「もちろんだ。絶対に見つけてやる。だからひまり、教えてくれ。お父さんとお母さんは、どこでいなくなった？」

子どもながらに一弥さんの誠実さが伝わったようだ、ひまりちゃんがぽつぽつと自分のことについて教えてくれた。

聞き出した話はこうだ。お父さんと一緒に通りの先にあるお土産屋《みやげ》さんにいたが、気がついたら店内にお父さんの姿がなかった。慌てて店を飛び出して歩いていたら、ここに辿り着いた——。

「お母さんは一緒に来なかったの？」

「ホテルでねてる。あたまがいたいって」

「どこのホテルかわかるか？」

「すごーくおおきいホテル。とりさんのえがかいてあるところ」

私と一弥さんは顔を見合わせる。鳥の絵……鳳凰のシンボルマーク……きっとシーフェニックスホテルだ。

「宿泊者名簿から母親を探させる」

そう言って一弥さんはすぐさま携帯端末を耳に当てる。

「——鳳城だ。うちに宿泊していると思われる子どもが迷子になっている。名前は『ササキ　ヒマリ』。至急探してくれ」

簡潔に指示を出し、それから——。

「母親は体調不良らしく部屋で静養しているそうだ。薬などの手配も一緒に頼む」

母親のほうも気遣ってくれたみたいで、ひと通り伝えたあと通話を切る。

「すぐに見つかるだろう。それまで、ひまりはホテルで待っているといい」

一弥さんはひまりちゃんの手を引こうとするも、私が待ったをかけた。

「でも、もしかしたら近くでお父さんが探しているかもしれないから——」

「そうだな……なら、周辺を軽く見て回ろう。ひまり、高いところは好きか？」

ひまりちゃんはこっくりと頷く。すると一弥さんはひまりちゃんの小さな体をひょいっと抱き上げ肩車した。

「うわぁ！　すご～い！　たか～い！」

一弥さんの頭をぎゅっと抱きしめ、目をキラキラさせている。一弥さんは身長が高いから、眺めは最高だろう。

「そこならよく見えるだろう。俺たちの代わりに、お父さんを探してくれ」

「わかった！」

私たちは父親を見失ったという土産物屋へ向かった。

土産物屋自体は小さくて、店内ではぐれることはなさそうだ。やはり父親はなんらかの理由で店の外に出ていってしまったと考えられる。

駐車場にはポツポツと車があり、店舗の近くには軽食を販売するワゴン車が止まっていた。ソフトクリームやクレープなどが売られている。

「ソフトクリームたべたいっていったから、パパ、おこっていなくなっちゃったのかな……」

一弥さんの肩の上にいるひまりちゃんが、急にぐすんと鼻を鳴らし、目元を拭った。

「そんなにワガママを言ったのか？」

「さっきジュースのんだから、ダメだって」

どうやら怒らせたせいで置いていかれたと思ったみたいだ。さすがにそれが原因で置き去りにされたりはしないだろうけれど。

そんなことないと私が言う前に、一弥さんが先に口を開いた。

「それはない。お父さんは、今頃ひまりのことを探している」

「どうしてわかるの？」

「当然だ。そんなことくらいで子どもを嫌いになったりしない。そういうものだ」

きっぱりと断言した一弥さんに、ひまりちゃんはちょっぴり元気を取り戻したようだった。「うん」と頷いて再び父親の姿を探し始める。

「ひまり。ソフトクリーム食べたいか？　何味がいい？」

一弥さんはソフトクリームを買ってあげようと、ワゴン車に向かって歩き始めるが。

「……いらない。ママのところにもどるまで、おやつはがまん」

父親に言われたことを守ろうとしているのか、ぶんぶんと首を横に振る。

「……ひまりは偉いんだな」

一弥さんの言葉に、ひまりちゃんはこっくりと頷く。本当は食べたいのだろうけれど、一弥さんの髪を握り締め、必死に我慢している。

そこへ——。

「陽葵《ひまり》!!」

背後から声が聞こえてきて振り向けば、ふたりの子どもを連れた男性がこちらに向かって歩いてくるところだった。

子どものうちひとりは赤ちゃんで、抱っこ紐を使ってお腹の前で抱えられている。

もうひとりは歩みの覚束ない男の子で、男性に手を握られてぽてぽてと歩いてきた。

「パパー‼」

ひまりちゃんがブンブンと手を振る。一弥さんが肩から下ろしてあげると、父親のもとへ一目散に駆けていった。

男性は腰をかがめて、飛びついてくるひまりちゃんを受け止める。

胸元には赤ちゃん、反対側にはひまりちゃんの弟もいて、お父さんは子どもたちに囲まれて大変そうだ。でも、すごく心配していたらしく、しっかりとひまりちゃんの背中を撫でてあげていた。

「急にいなくなってごめんなさい陽葵！」

「ワガママいってごめんなさい！」

「ん？　ワガママ？　なにか言ったっけ？」

やっぱりお父さんはソフトクリームのことなんて怒ってなかったみたいだ。

親子の抱き合う姿を見て、私と一弥さんはホッと顔を見合わせる。すぐに見つかって本当によかった。

父親はあらたまってこちらに向き直ると、胸元の赤ちゃんを庇いつつ頭を下げた。

「子どもを保護していただいて、どうもありがとうございました。弟が店を飛び出していってしまって、追いかけていたら、今度は陽葵までいなくなってしまって」

子どもたちがあっちこっちに行ってしまって、お父さんは大変だったみたいだ。でも、今度こそ離すまいと、ふたりの手をしっかりと握る。

父親に手を引かれたひまりちゃんは、もう片方の手を大きく振った。

「おにいちゃん、ありがとう！」

さっきまでの泣き顔が嘘のような満面の笑み。それを受けて、一弥さんもふんわりと目元の力を抜いて手を掲げた。

一弥さんの表情を見て、私は「あ」と声を漏らす。

これまで笑顔というような笑顔を頑《かたく》なに見せなかった一弥さんが、今度こそ穏やかな笑みを浮かべてひまりちゃんを見送っていた。

――一弥さんが、笑ってる……！

『子どもは苦手なんだ』そう漏らしていた彼だけれど、実は結構、子どもが好きなのかもしれない、接し方がわからなかっただけで。

一弥さんは再びホテルに電話をかけると、探していた父親が見つかった旨を報告し、最後にひと言つけ加えた。

「夕食のメニューに、ソフトクリームをつけてやってくれるか？　――ああ。頼む」

思わず私は笑みを浮かべる。ひまりちゃんがちゃんとソフトクリームを我慢できたご褒美《ほうび》だろうか。

「一弥さんって、いいお父さんになりそうですね」

私がぽつりと漏らすと、一弥さんは携帯端末を胸ポケットにしまいながら「え？」と大きく目を見開いた。

「ひまりちゃんを見つめる一弥さんが、すごく優しそうだったので。それに……」

『そんなことくらいで子どもを嫌いになったりしない』——そう断言したときの一弥さんを見れば、親の愛情を一身に受けて育ったのだとわかる。

「一弥さんも、ご両親に大切に育てられたんでしょうね」

きっと温かい家庭で育ったのだろう。早くに両親を亡くした私からしてみると、少し羨ましい。そう思いながら苦笑していると。

「それはない」

きっぱりとした否定の言葉が飛んできたから、私は驚いて彼を見上げた。

気がつけば先ほどの笑顔から一転、険しい顔をした彼がいる。

私はなにか、気に障ることを言ってしまっただろうか？

「一弥さん？」

「……すまない。驚かせて」

彼はきゅっと拳を握り締め視線を落とした。

「俺は、親の愛を感じたことは一度もない」

衝撃的な告白に、思わず「……そんな」と首を横に振る。そこまで言い切るなんて、両親との間になにがあったのだろうか。

「それに、ひまりと仲良くなれたのは、花澄がいてくれたからだろう。俺ひとりでは、きっとどの宿泊施設に泊まっているかすら聞き出せなかったと思う。警察に引き渡して終わりだった」

やるせない声でそう言って、もと来た道を歩き出す。

「家族向けのリゾート開発——そんなことを謳いながら、俺自身は家庭も持たないし、満足な愛情をもらった覚えもない。情けないな」

彼のあとを付いて歩きながら、その孤独な背中を見つめた。いつもは頼もしい彼なのに、今だけは弱気に見えて、胸がきゅっと締めつけられる。

「身内からは早く後継ぎを産めと言われているが、俺自身が愛情を受けずに育ってきたんだ、立派な父親になれるかどうか」

「でも、一弥さんはちゃんと理解しているじゃありませんか。親子の愛情も、子どもの気持ちも」

ひまりちゃんとのやりとりを見ればわかる。あれは、愛情を知らない人間がとる態度じゃない。

「一弥さんは、必ずいい父親になると思いますよ」

「花澄……」

断言した私を、一弥さんは不思議そうに見つめている。

やがて、ふっと短く息をつくと、私の隣にゆっくりと歩み寄りその手を繋いだ。

「いい父親か……俺ひとりではむずかしいな。……あるいは、君のような人が傍にいてくれるのなら務まるかもしれないが」

「私？」

「俺に教えてくれただろう？　子どもとの接し方を」

ひまりちゃんが泣いてしまったとき、『目線を合わせて』と助言したことだろうか。

確かにあのあと、一弥さんはひまりちゃんと仲良くなれたけれど――。

「私はただひと言、アドバイスしただけですよ」

「だがそのひと言があったからこそ、俺はひまりとコミュニケーションが取れるようになった。もしもこの先、俺が家庭を築くことになったなら、至らない俺をサポートしてくれるパートナーが必要だ」

不意に彼が足を止め、繋いだ右手を持ち上げた。

唇の前に持っていき、指先に優しく口づけをする。

凛々しくも甘い彼の表情、驚きと緊張で胸が詰まった。

「君がいてくれれば、俺は父親になれるかもしれない」

まるでその言葉がプロポーズのように聞こえて、驚きから言葉を失ってしまった。

そんなわけがないと自分に言い聞かせながらも、どうしようもなく鼓動が高鳴る。

「花澄。俺に家族を作ってくれないか」

信じられない言葉が彼の口から飛び出てきて、私は心臓が爆発しそうになった。

付き合ってもいない人からのプロポーズ。しかも、『愛している』ではなく『家族を作ってくれ』。これって、どういう捉え方をすればいいの……？

困惑してなにも答えられずにいる私を、彼はじっと熱い眼差しで見つめ続け――。

やがて、ふいっと目を逸らし、彼らしからぬごまかし方をした。

「……いや。なんでもない。冗談だ」

……え……冗談って……？　私は拍子《ひょうし》抜けして固まる。

彼はもう目を合わせてくれるつもりはないらしく、私の手を引いて歩き始めた。

「帰ろう。送っていく」

ぶっきらぼうにつぶやく様子は、なんだかわざとらしい。

本当に、今のが冗談？　彼のような人が、こんな冗談を言うだろうか。

一弥さんは真っ直ぐで、真面目すぎるくらい真面目な人だ。あんな真剣な眼差しで心にもないことを口にするわけがない。

……本気だったの？

きちんと問いただしたいけれど、彼の視線はもう遠くを見つめていて、掘り返すなと言わんばかりだ。どうすることもできず、手を引かれるがままに歩み続ける。

……親の愛を感じたことがないというのも、本当だろうか？

私は両親を早くに亡くし、寂しい思いはしたけれど、愛情を知らないわけじゃない。両親が亡くなっても、愛されていたという自負は消えないし、なにより祖父母が代わりに愛してくれた。

彼の孤独感が計り知れず、途端にその横顔が儚《はかな》げに見えてくる。大企業の社長という重要な地位を任されながらも、誰を支えにするわけでもなく、ひとり闘《たたか》っているのだろうか。

でも、愛情が理解できないというわけではないみたいだ。父親とともに歩いていくひまりちゃんの姿を温かな目で見守っていた。

どんな思いで親子を見送ったのだろう。自分も父親からの愛情がほしかった？　それとも、自分がいつか父親となって愛情を注ぎたい？

――『君がいてくれれば、俺は父親になれるかもしれない』――

彼は父親になりたいのだろうか。私だったら父親にしてあげられる？

……って、なにを考えているのだろう。

すぐさま我に返って考えを振り払った。よく知りもしない人といきなり結婚して家庭を作ろうだなんて、さすがに現実的ではない。

彼だって、そう思ったから冗談だなんて言ってごまかしたんだ。

そう、冗談のような話。さっきの会話は忘れてしまおうと自分に言い聞かせる。

けれど、どうにも頭から離れてくれなくて、困惑したまま彼の横顔を見つめ続けた。


喫茶店は定休日。

せっかくだからカフェラテを飲んでいきませんか？　と一弥さんに声をかけた。今日ならお客さまがいないから、ゆっくりとおもてなしができる。

時計を見れば、三時半。おやつの時間だ。

お昼に豪華なフレンチを食べてしまったから私はお腹が空かないけれど、彼はどうかな？　男性だからもっとたくさん食べられるかもしれない。

「一弥さん、お腹空きました？　パンケーキも食べていかれます？」

「いや。さすがにそんなにすぐには。食べたばかりだぞ」

一弥さんが困ったように眉を下げる。男性のことはよくわからないけれど、胃袋の大きさは私とそこまで違わなかったみたい。

私が苦笑しながら喫茶店のドアに鍵を差し込むと、どうやらすでに開いていたらしく空回ってしまった。

「あれ？　閉めてきたと思ったのに……」

中を覗き込むと、祖母と近所の中村《なかむら》さんがボックス席に座ってお茶をしていた。しまった、先客がいた。ちょっぴり戸惑いつつも「中村さん、いらっしゃい」と声をかける。

中村さんは、のんびりとした雰囲気のおばあちゃんだ。祖母よりも十歳近く歳上だと聞いている。

緩慢にこちらを振り向いて、くしゃっと皺を作って朗《ほが》らかに笑った。

「花澄ちゃん、お帰りなさい。あら？　その人は恋人？」

「いえ、あの……友人ですっ！　中村さんこそ、こんな時間に珍しいですね」

朝が早い中村さんは、いつも昼過ぎには「眠くなったわ」と言って帰ってしまう。この時間はお昼寝タイムのはずなのだけれど……。

「それが、大変なことになったのよ」

のんびりとした中村さんの代わりに、祖母が説明してくれる。

「実は、この土地一帯を買い上げようとしている業者がいるらしいの。大きな観光施設を作るんですって。中村さん家《ち》はアパートでしょう？　大家さんから立ち退きの要請が来たそうよ」

「立ち退きって……出ていかなきゃならないんですか⁉」

「ええ。いずれうちにも、業者の人が買い上げの交渉に来るかもしれないわね……」

一帯を買い上げて巨大観光施設を建設……まさかと思い一弥さんを見上げると、どうやら彼のほうが驚いたようで、「失礼」と私の前に割り込んできた。

「買い上げようとしているのは、どこの業者かわかりますか？」

「あそこに大きなホテルが建っているでしょう？　そこの人だって言ってたわ。でも、見た目はチンピラみたいで、とてもホテルで働く人には見えなかったって。地上げ屋ってやつかしら、なんだか怖いわぁ」

大きなホテル――おそらくシーフェニックスホテルのことを言っているのだろう。

でも、当事者であるはずの一弥さんは、あきらかに初耳のような顔をしている。

「一弥さん……」

どういうことなのか聞きたいところだけれど、彼自身も状況を整理できてはいないようだ。

彼は伏せってしばらく考え込んでいたが、なにかを思いついたのか、顔を上げた。

「花澄。今日はありがとう。今度あらためてパンケーキを食べにくる」

「あ、はい……お帰りですか？」

「ああ。なにかあったら連絡してくれ」

そう言い置くと、慌ただしく店を出ていってしまった。

祖母が申し訳なさそうに「お邪魔しちゃったかしら」と息をつく。

私は得体の知れない不安感を引きずりながらも、その日の夜、もらったメールアドレスに『ごちそうさまでした』とメッセージを打った。

第四章　結婚以上恋人未満

「いったいどうなっている」

ただならぬ話を耳にした俺は、喫茶店で花澄と別れたあと、すぐさまホテルに戻り事実確認を行った。

鳳城ホテルズグループ東京本社に連絡を取り、翌朝一番でシーフェニックスリゾート開発チームを集めて緊急会議を開くことに。

俺の剣幕に一同蒼白になり口を噤《つぐ》んだ。相変わらずのリアクションにそっと心の中でため息をつく。

「周辺一帯を買い占めようとしているのは本当か？　まだビジョンすら明確になっていないこの状況で、見切り発車もいいところだ」

そもそも、俺は居住地の買い上げなど考えてはいなかった。住民を追い出すような傲慢《ごうまん》な開発は、我が社のコンセプトからも外れる。

鳳城ホテルズグループを騙《かた》った別の業者かとも考えたが、彼らの顔色を見る限り無関係ではないようだ。

埒《らち》が明かないと思ったのか、あるいは、俺をフォローしたかったのかもしれない、後方で静観していた副社長の唯志さんが口を開いた。

「知っての通り、シーフェニックスリゾートは前会長のお膝元だ。あそこは別荘地だから、周辺には金融《きんゆう》界の重鎮《じゅうちん》や株主なんかも多く土地を所有している。非常にデリケートな土地なんだよ」

穏やかな口調でありながら、唯志さんのもの言いにはゾッとするときがある。

その言葉の中に、逃げ場のない脅し文句が含まれていることはよくある話だ。

「開発に失敗すれば、出資から手を引く人間も出てくるかもしれない。この土地での失敗は、規模や金額にかかわらず、鳳城ホテルズグループの存続を危ぶむ。社長がどうして君たちの一挙手一投足《いっきょしゅいっとうそく》にわざわざ口を出そうとするのか……わかるね？」

本来であれば、社長はプロジェクトの詳細にまで口を出したりしない。なぜこんな細かいことまで報告を迫られるのかと、彼らは不満を抱えていただろう。しかし、その理由を懇切《こんせつ》丁寧に説明され、言い訳を失う。

開発チームのリーダーを務める白髪《しらが》交じりの男性がおずおずと声を上げた。

「……実は、この地域の開発に提携を申し出てきた企業がありまして」

「提携？」

「と言いましても、契約や金銭のやり取りがあるわけではありません。競合としてかち合わないよう、情報交換をしようと……」

報告も上げずに内々に取り決めを交わしていたらしく、慌てて言い訳するリーダー。まさか問題になるなどとは思っていなかっただろう。

「どうやらその企業が、提携を名目に、うちの名を騙って勝手に動き回っているようなのです。先日、クレームの電話が入って発覚したのですが、こちらとしても寝耳に水でして……」

「会社名は？　信用できる会社なのか？」

「株式会社ビーズタイガー。最近できた企業で、白虎観光の子会社です。特に取引を交わしたわけではありませんから信用調査まではしておりませんが、親会社があの白虎観光ですから大きな問題はないかと」

ちらりと唯志さんに視線を送る。彼も今度こそ柔和な顔をしかめ、眉間に皺を寄せていた。

株式会社ビーズタイガー。ナイトクラブを始めとして、あの地に若者向けのショップを多く開店させた中小企業だ。軽く調べてみたが、どうもいかがわしい。

親会社の白虎観光はホテル業界でその名を知らぬものはない大手リゾート運営会社

だ。この鳳城ホテルズグループに次ぐ規模を誇る。

なぜ大手の白虎観光が問題の芽になりかねない子会社をそのままにしておくか疑問ではあるが、末端まで監視の目が行き届いていない可能性はある。

「ビーズタイガーとの提携は即刻解除。白虎観光にはこちらから申し入れをする。それから、住民へ謝罪に向かう。私も同行しよう」

住民への謝罪と聞き、開発チームの面々は目を剝いた。自分たちの非ではないのに、なぜ謝罪になど行かねばならないのか、と。

「謝罪は提携先の会社に向かわせるべきでは？　それに社長までどうして……！」

「我々の意識の低さが招いた事態だろう。たとえ原因は別にあったとして、事情の説明と謝罪は我々の義務だ」

きっぱりと言い切る俺に、唯志さんが援護射撃をする。

「言ったでしょう、あの地は特別な場所だって。もし地上げの対象に大株主の親戚でも入っていたら、どう責任を取るつもりかな？」

ぞっとしたのだろう、みな目を伏せ黙り込んだ。

明日以降、クレームがあった地域を対象に謝罪行脚《あんぎや》することを決定し、会議を終わらせた。

会議室に俺と秘書、そして唯志さんが残る。唯志さんがなにか言いたそうにしているのを見て、秘書を先に社長室へと向かわせた。

「一弥。あのビーズタイガーって会社なんだけど。どうやら経営者は、白虎観光の会長の孫らしい」

唯志さんの性格からして、気になる情報は絶対に深掘りするだろうと踏んでいた。やはり今回も裏で調査を進めていたらしく、コアなところまで情報を摑んだようだ。

「孫はかなり奔放《ほんぽう》な人らしくてね。最初は白虎観光で役職についていたけれど、問題を起こしてすぐクビになったそうだ。子会社を立ち上げてそのトップに就いたのは、会長の温情だろう。ビーズタイガーは親会社の監督を受けているように見えて、実質、無法地帯だ」

「犯罪に加担しているような証拠は？」

「いや。だが、グレーではある。かなり悪評のある会社だよ。気をつけたほうがいい。叩けば埃《ほこり》も出るだろう」

ちらりと視線で訴える。「叩いてくれ」そんな要求がテレパシーのように伝わったのか、唯志さんは「わかったよ……」とうな垂れた。

「それと、もうひとつ。……本当は、こんなこと君の耳には入れたくないんだけれど」

唯志さんが苦虫を嚙《か》み潰したような顔をする。いつまでも躊躇っているので「なんです？」と先を急《せ》かした。

「君のお義母《かあ》さんが、どうやら最近、白虎観光と親しいらしい」

「義母が？」

俺が十二歳のとき、父が再婚した女性だ。

俺も彼女もお互いなんの愛着も感じていないし、干渉《かんしょう》もしない。食卓に飾られた花のような人だ。綺麗だが、そこにあるだけ。

父とは歳がひと回り離れている。彼女が結婚した目的は金銭だろうなと、幼心《おさなごころ》なりに考えたものだ。

父に出資してもらった金でアパレル企業を立ち上げ、経営している。最近はろくに家に帰らず忙しそうに駆けまわっているらしい。

「先月も、白虎観光のレセプションに招かれていた。おかしいだろう？　ライバル会社の会長を招かず、その妻を招くなんて」

「……気に留めておきます」

突然我が社の縄張りに飛び込んできた白虎観光と、蜜月《みつげつ》な関係である義母。なにかあると疑ってもおかしくはない状況だ。

こちらの家庭の事情を知っているだけに、複雑な顔をしている唯志さん。

「話してくれて助かりました」

あなたが気に病《や》む必要などない。そう言いたかったのだが。

「笑顔ひとつ作れないくせに、そういう気遣いだけはできるんだね、君は」

唯志さんは褒めているんだかけなしているんだかよくわからない言葉で苦笑した。


住民への謝罪を終え、ビーズタイガーとの提携を解除し、白虎観光にはやんわりと迷惑を被《こうむ》った旨のクレームを入れた。

白虎観光からは『詳細を把握するから待ってほしい』と連絡をもらったものの、そのあとの返事は恐らく返ってこないのではないかと踏んでいる。企業は簡単に謝ったりしない。訴訟《そしょう》問題に発展するからだ。こちらとしても、牽制ができればそれでいい。

その夜。義母から個人用の携帯端末に着信が来て、思わず画面を険しく睨んだ。

これまで一度も電話などよこしてこなかった人だ。用事があったとしても秘書越しで、面倒なコミュニケーションを徹底的に避けているようだった。

それがこのタイミングで、わざわざ直接電話をかけてくるとは、なにかよからぬ企《たくら》みがあるに決まっている。

「……一弥です」

固い声で応答すると、歳の割には甲高くはつらつとした義母の声が響いてきた。

『一弥くん？　曜子《ようこ》よ。久しぶりね。元気にしていた？　今どこにいるの？』

相変わらず早口で一方的だ。この人と話をしていると疲れる。

「ええ。変わりありません。まだ会社です」

『あら、こんな時間までお仕事なの？　大変ね。この調子じゃあ、結婚の予定はまだまだ先かしら？』

いきなり不躾で、腹も立たないが否定する気力も湧かない。

「俺になにか用ですか？」

さっさと用件を言えとばかりに促《うなが》すと『相変わらず、世間話が苦手なのねぇ』と呆《あき》れたような声を上げられた。余計なお世話だ。

『実はね。知り合いにとても綺麗なお嬢さんがいてご紹介したいの。一弥くんより少し年下くらいよ。写真だけでもぜひ見せたいんだけれど、いつ実家に帰ってこられるかしら』

「興味ありません」

『写真に興味はなくても、実家にはそろそろ顔を出してもいい頃でしょ。お父さんも心配しているわよ……美代莉《みより》もね』

妹の名前を出されて、少なからず心が揺れる。父と義母の間にできた子どもで、歳は俺と十五歳離れている。まだ高校生だ。

ひねたところのない快活な子だ。昔は「お兄ちゃんお兄ちゃん」と俺のうしろをよく引っついて回っていたものだ。小さかった彼女にとって腹の違いなど関係なかったのだろう。

俺が実家を出てからは、多少疎遠になった。だが、ここ数年、特に彼女が携帯端末を持つようになってからは、頻繁にメッセージを送ってくるようになった。メール不《ぶ》精《しょう》な俺にかまわず、一方的に近況を送りつけてくる。

『お兄ちゃんに会いたいって言っていたわよ？　たまには妹孝行してあげなさいよ？』

息子孝行をする気のない母親から言われてもまったく心は痛まないが、罪のない妹のことを考えると「わかった」と答えるしかない。

『来週末でいいかしら？　むずかしいようなら、そちらの秘書に私のほうから直接連絡して予定を空けさせるけれど』

日程を変えるではなく、予定を空けさせる――こちらの都合など端から聞くつもりはないようだ、強引なところがとても彼女らしい。秘書に迷惑をかける前に了承する。

「そこまでしていただかなくて結構です。来週末でかまいません」

あきらめたように吐き捨てて通話を切る。この義母だけでなく、あの父親にも会わなければならないとは。来週末が憂鬱《ゆううつ》だ。

ぼんやりと花澄の顔を思い出し、会いたいと感じた。彼女の傍は心地よい。

安心する、というとまた語弊があるが……ほどよい緊張感と多幸感を得られる。

勢いあまって家族を作ってくれなどと言ってしまったが、気味悪がられていないだろうか。慌てて冗談だとごまかしたのだが、果たして信じてくれたかどうか。

だが、本当に彼女となら、温かい家庭を作れる気がするのだ。いつも笑顔の彼女となら。

恋人でもない女性に、こんな感情を抱くのはおかしいだろうか？

だが、恋人以上に花澄は特別だ。これまで、女性とお付き合いしたことはあったが、ともに家庭を築きたいと考えた女性はひとりもいなかった。

「……俺は花澄と、結婚したいのか？」

ひとりきりの社長室に、自問自答《じもんじとう》する声が響いた。

翌週の日曜日。俺は都内にある鳳城家の屋敷に向かった。

屋敷──その名の通り、近代には似つかわしくない、仰々しい建物である。昭和初期の華族の豪邸にイメージは近い。絢爛豪華《けんらんごうか》で無駄に大きな建物だ。維持費ばかりがかさむが、それすらもステータスなのだと父は言う。

使用人に案内され客間に足を踏み入れると、部屋の中央にある大きなソファに、両親と見知らぬ女性が座っていた。

「あら、一弥くん、お帰りなさい。久しぶりね」

いつになく義母がご機嫌で話しかけてくる。父親は相変わらず仏頂面《ぶっちょうづら》でソファに腰を据えていた。

義母の隣に座る女性は親戚かなにかだろうか。それならまだいいが──嫌な予感がする。

居心地が悪い、そう感じながらも「お久しぶりです」とぶっきらぼうな返事をした。

「蘭子《らんこ》ちゃん、これが私の自慢の息子よ。一弥くん、彼女、とってもかわいいでしょう？　歳は一弥くんの三つ下よ」

どうやら今日だけは自慢の息子という設定らしい。仕方がなく「一弥です。初めまして」と蘭子と呼ばれた女性に声をかける。

すると彼女は、品のいい笑みを浮かべた。美しくもどこかわざとらしい笑い方、義母がよく作る打算のある笑顔に似ている。本能が警戒しろと告げていた。

「初めまして。虎吉《とらよし》蘭子です。お会いできて光栄ですわ」

ソファから立ち上がり、上品に一礼する。ピンク色の小花が散りばめられたワンピース、黒髪はくるくると巻かれていて、胸元や手首など肌が見える部分には、キラキラと輝く大きめの宝飾品。

率直な感想は、派手な女性。身なりに気を遣ってはいるようだが、好感は持たなかった。反対に、飾り気がなくシンプルに美しい花澄のことが恋しくなってくる。

「電話でお話ししたでしょう？　ぜひ彼女を紹介したくて。だって一弥くんにぴったりなんですもん」

電話――先週交わした義母との通話内容を振り返る。まさかアレだろうか。写真だけでも見せたいという。

「……ご本人がいらっしゃるとは聞いていませんでしたが」

「直接会ってもらったほうが早いと思って」

悪びれもしない義母に、こっそりとため息をつく。

今日、この場に俺を呼び出したのは、どうやら見合いが目的らしい。

こちらが乗り気ではないことを重々承知している義母は、うまくことを運ぶための秘策でもあるのか、意味深な微笑を浮かべる。

「それにね、一弥くん。あなたは蘭子ちゃんと親しくすべきよ。会社のためにもね」

「……どういう意味です？」

「蘭子ちゃんは、白虎観光の社長の娘さんなのよ」

その言葉に、顔をしかめた。そうか、苗字に聞き覚えがあると思ったら。

だが、だからといって親しくすべきという結論には至らない。むしろ白虎観光は競業、ライバル会社だ。彼らと手を組むことなどあり得ない。

「会長。正気ですか？」

あえて父親とは呼ばず役職名で呼びかけると、彼は眉ひとつ動かさず淡々と答えた。

「相手方が持ちかけてきた話だ。そういう選択肢があることも、お前は知っておくべきだろう」

相変わらずなにを考えているのかわからない父親。是とも非とも言わず、選択権を俺に委ねた。勧めもしなかったところを見ると、この見合いは母の一存なのだろう。

最近、白虎観光と密な間柄だと聞いてはいたが、まさか息子を使った政略結婚を企んでいたとは。

他にはどんな裏があるのだろうと、義母を睨みつける。

すると、社長令嬢が俺と義母の間に割り込んできた。

「一弥さんは、シーフェニックスホテル周辺のリゾートの開発を自ら指揮されているそうですね。私もお力になれたらと思って。あの地味な街を、華やかなリゾート地に変身させるお手伝いがしたいの」

地味な街、というフレーズに目元がひくりと引きつる。この女性はあの地へなんの愛着も感じていない、そう直感した。

「あなたの言う華やかなリゾートとは、あの地に建設したクラブやバーのことを言っていますか？」

「あんなのはほんの一例よ。あの土地を丸ごとひっくり返すような、大規模なリゾート施設を建設したいわ」

うしろで聞いている義母も、満足そうに頷いている。父は――相変わらず無言だ。なにを考えているのかわからない。

「私たちの夢は一緒でしょう？」

令嬢はこちらに歩み寄ると、勝手に俺の手を持ち上げ握手を交わそうとした。しかし、俺は躊躇《ちゅうちょ》なくその手を振り払う。

「申し訳ありませんが、ご期待には添えかねます」

令嬢の顔が青ざめる。義母のほうは、こんなリアクションも想定内だったようで、笑顔を引きつらせながら追い縋ってきた。

「今すぐ決めろというわけじゃないわ。一度よく考えてみなさい。鳳城グループにとってメリットのある話よ。二社が手を組めば、海外でもっと大規模な事業ができる」

「あなたに経営のなにがわかるというのです」

おそらく、彼女はこちらの経営のことなどなにも考えていない。ほかに裏があると見て間違いない。

もしもこれが本当に鳳城グループにとって重要なことだというのなら、父が命令調で俺に指示してくることだろう。その父が、今やソファに大人しく腰を据えて傍観している。つまり、どうでもいいということだ。

「白虎観光と提携を結ぶつもりはありません。これが鳳城グループのトップとしての決断です」

はっきり告げると、さすがの義母も黙った。腹の底では怒りをためているのだろう、口元が歪《ゆが》んでいる。

それに——たとえこの話にメリットがあったとしても、俺はきっと受けなかっただろう。

この令嬢と結婚したいなどと思えない。この女性と家庭を築いたところで、なにか得るものがあるとは思えないのだ。

結婚を望むのならばただひとり、もはや彼女しか考えられないと、今この瞬間に直感した。

「それから、お義母さん。私には意中の女性がおりますので、勝手にこのような真似をされては困ります」

義母の表情が凍りつく。そして、ハシビロコウのように微動だにしなかった父親が、ゆっくりとこちらに顔を向けた。

いつも命令ばかり押し付けてくる父だが、今度ばかりは——花澄のことだけはなにを言われても譲るまいと、強い視線で睨み返す。

「失礼致します」

一方的に言い置き、退室しようと扉に手をかける。

開けると、外から「きゃっ」という小さな悲鳴が聞こえ、見ればドアの陰に妹の美代莉が驚いた顔で立っていた。

「お、お兄ちゃん……ご機嫌よう」

私立のお嬢さま学校で習ったのだろう、カーテシー——スカートの裾を摘まんで片脚をうしろに引き、ちょこんと膝を折って挨拶する。

俺は扉を閉めると、客間から距離を置くように妹の背中を押した。

「美代莉、すまない。今日はもう帰ろうと思っているんだ」

「もう!? だってまだご飯も食べていないんでしょう!?」

俺が久しぶりに帰ってくると聞いて、一緒に食事をするのを楽しみにしてくれていたのかもしれない。美代莉はしゅんとしょげる。

気の利いた言葉も思いつかず、ポンポンと頭を撫でた。

「メール、いつもありがとうな」

「全然お返事くれないのに、本当にありがとうって思ってる?」

「反応がほしいのか? 対話が必要なら電話してこい」

「いいの!?」

美代莉が表情を輝かせる。あどけなくて裏のない笑顔は、義母とはまったく似ていない。気の強そうなアーモンド形の目だけは母親譲りだが、性格はまるで違う。

「俺と話したって、つまらないだろうに」

そんなことない、と美代莉は腕を絡ませてくる。高校生になっても仕草はまだ子どもの頃のままだ。五歳のときとなんら変わりない。

「ね、今夜お電話したらさ……」

美代莉がおねだりをするときの目で、じっとこちらを見上げてくる。昔はもっぱら『抱っこして』だったが、この歳になるとなにをねだってくるのか。

「……お兄ちゃんの好きな人のお話も、聞かせてくれる？」

悪戯《いたずら》っぽく笑ってニッと歯を覗かせる。客間での会話を立ち聞きしていたようだ。

「それは……ダメだ」

「え!?　どうして!?」

「美代莉は知らなくていい。というか、そういうのは人に話すことじゃない」

少し不機嫌になって言葉を返すと、美代莉はますます興味を引かれたようで楽しそうに目を瞬かせた。

「だったら、こっそり見に行くわ。どこにいるのか教えて！」

「ダメだ」

「じゃあ、その人と私、どっちがかわいい？」

「……その人」

「ええ!?　ここは嘘でも私って言うところじゃないの!?」

「嘘は嫌いだ」

美代莉に見送られ屋敷を出る。その日の夜、約束通り電話を受けると、花澄について質問攻めに遭い、たまらず早々と通話を終わらせた。


十月に入ると急に肌寒さを感じるようになった。シャツにベストとジャケットを重ね、シーフェニックスホテルへ車を走らせる。

月初の定例会議を終えたあと、ホテル内の執務室で支配人と軽く打ち合わせをこなし、夕方十七時過ぎ、彼女のいる喫茶店へ向かった。

十月になり観光客も落ち着いたのだろう。店には花澄しかおらず、笑顔で俺の来店を迎えてくれた。

足が自然とカウンターに向く。今日も仕事をするつもりはなく、ノートパソコンも置いてきてしまった。彼女と話をするために来た——と言うと、彼女は重く感じてしまうだろうか。

「お久しぶりです。一カ月ぶりですね」

花澄は笑顔を少しだけ緊張させて、おしぼりを差し出す。

「また来てくれて、安心しました」

「来ないと思っていたのか？」

「……メールのお返事、いただけなかったし、もしかしたらと思って」

彼女の言葉でハッとして、記憶を辿る。

確か、食事をご馳走した日に【ごちそうさまです。おいしかったです】と感謝のメールをもらった。

それから【近いうちにまた喫茶店にいらしてください。お待ちしています】とも。

「……すまない。メール不精で」

「大丈夫です。なんとなく、想像がつきましたから」

彼女はアイスカフェラテを準備しながら、クスクスと笑っている。だが、【お待ちしています】と言われたのになんの返事も出さず、結果一カ月経ってしまったことに罪悪感を覚えた。

「次は返す」

「無理なさらなくて大丈夫ですよ」

「……妹にも、返事がないと怒られた」

「妹さんがいらっしゃるんですね」

意外だったのだろうか、彼女は少し驚いた顔でこちらに目を向ける。

「歳がかなり離れている。まだ高校生なんだ」

そう補足すると、彼女は顎に手を添えて、ううーんと悩みだした。

「そうですね……妹さんには返したほうがいいかもしれません。きっとお兄さんに甘えたいんでしょうから」

花澄の推論に「ほう」と顎を撫でる。だが裏を返せば、返事をいらないという彼女は、俺に甘える意思がないということか。

「君は甘えてくれないのか？」

「えっ……！」

花澄は動揺したようで、氷の入ったグラスを手に固まった。せわしなく目線を漂わせ、こちらを見たり、視線を逸らしたりしている。

「……私なんかが甘えてもいいんでしょうか？」

「俺でよければ」

じわじわと頰を赤く染めていく彼女。「……でも、甘えるって、どうしたらいいのかしら……？」そんなことをつぶやきながら、再び固まる。

「【顔を見せろ】と送ってくれれば、飛んでくる」

「わざわざ来てくれるんですか？　家も遠いのに？」

「俺も君の顔が見たい」

本心ではあるのだが、あまりにも自分らしくない台詞《せりふ》に、思わず笑ってしまった。

彼女はいっそう驚いたようで、あんぐりと口を開けている。

「一弥さんが笑ってくれるなんて、珍しい……」

「……ああ、そうかもしれないな」

笑顔を作るのは下手だし、基本的には無表情だ。だが、今のは自然発生した笑顔、作ろうと思ってしたわけじゃない。

しかも、彼女はこんな笑顔を喜んでくれたようで、表情をふんわりと緩めている。

「なんだか、すごく、うれしいです」

彼女の纏う空気が、いっそう明るくなった気がした。心なしかるんるんと肩を弾ませているように見えるのだが……そんなにうれしかったのだろうか。

なるほど、彼女の笑顔を見たければ、自分が笑顔になればいいのか。ひとつ学んだ。

彼女に合わせて、なるべく自分も笑ってみようかなんて考え始める。

彼女はコーヒーの入った布フィルターにお湯を注ぎながら「そういえば」と話を切り出した。

「中村さんって覚えてらっしゃいますか？　以前ここでお会いしたおばあちゃんなんですが」

「ああ」

「立ち退きの件で、シーフェニックスホテルの社長が謝罪に来てくれたって言っていました。身なりのいい素敵な青年が真摯に頭を下げてくれたって」

花澄がチラリと俺を覗き込む。それって一弥さんのことですよね？　と言いたげだ。

「中村さんとは一度この店で会ったはずだが、俺の顔を覚えてはいなかったようだ」

「お歳もうちの祖母より上ですし。新しい顔はあまり覚えられないんだと思います。でも、謝罪に来た日のことはよく覚えているらしくて、とても誠実な対応で感動したってしきりに話していましたよ」

「それはよかった」

シーフェニックスホテルが住民に嫌われることにならなくてよかったと安堵する。

「手違いはあったが、基本的に納得のいかない住民に立ち退きを迫ったりはしない。この喫茶店も、ずっと経営を続けてほしいと思っている。古くからある店なんだろう？」

すると、彼女はパチリと大きく瞬きをして、一瞬気まずい顔をした。

「……ですが、この店をずっと続けていけるかは、わからないので……」

花澄のひと言にハッと我に返る。彼女はこの喫茶店を続けていくつもりがないのだろうか。まさか、経営状態が悪いのか……？

そのとき。カウンターの奥にある部屋からガチャンという激しい音が響いた。

花澄は青ざめた顔で振り返る。

「……ごめんなさい、一弥さん。ちょっと見てきます」

花澄は暖簾をくぐり「おばあちゃん？　今の音、なに？」と声をかけながら中に入っていった。

しばらくすると。

「おばあちゃん!?　大丈夫!?」

花澄の悲鳴のような声が聞こえてきて、俺はカウンターチェアから腰を浮かせた。

「花澄？　なにかあったのか？」

ただごとではないと直感し、カウンターの中に足を踏み入れ、暖簾に顔を突っ込み辺りを見回す。聞こえてくるうめき声。花澄の祖母のものだろうか。

「花澄……！」

強く呼びかけると、彼女が隣の部屋から真っ青な顔を覗かせた。

「一弥さん……！　おばあちゃんが……！」

倒れていた花澄の祖母を二階へ運び、布団に寝かせた。意識はあるが、腰を痛めたらしく、苦しそうに表情を歪めている。

「本当に病院へ連れて行かなくていいのか？」

「はい。以前にも何度かあって。お薬はもらっています」

どうやら持病の腰痛が悪化したらしい。花澄は祖母に痛み止めを飲ませ湿布を貼ったあと「よくならなかったら、明日一緒に病院へ行きましょう」と声をかけた。

祖母は「大丈夫よ、少し寝ればよくなるはずだから」と気丈に振る舞っている。

容体が落ち着いたところで、花澄とふたりで一階に降りてきた。今日は早めに【CLOSE】の看板を下げ、メニューボードを店内にしまう。

作りかけになってしまったカフェラテ。花澄は「すみません」と謝って、半分まで抽出したコーヒーを一旦捨てて作り直した。俺はそのままでいいと言ったのだが、風味が全然違うからと、聞いてくれなかった。

淹れ直したアイスカフェラテを俺に出しながら、彼女は沈痛《ちんつう》な面持ちで謝罪する。

「……さっそく甘えてしまってすみません」

「今のは、甘えたうちに入らないだろう」

あれはただの人助けだ。甘えてほしいというのは、そういう意味ではない。

彼女は「本当にありがとうございました」とカウンターの中で深く腰を折った。

「この通り、祖母は腰が悪くて。ですから、折を見て喫茶店を畳もうと考えているんです。あんな状態の祖母を働かせ続けるわけにもいきませんし」

「君はどうするんだ？」

「外に働きに出ようと思っています。栄養士の資格なら持っていますから、私にできることを探そうかと。でも、この近辺で働ける場所は少ないですし、祖母と一緒に都心に出ることも考えていて……あ、まだ祖母には内緒にしてくださいね」

どうやら祖母本人の了承は得ていないらしい。彼女はこの先どうしようかとひとりで悩んでいたのかもしれない。

この街を発展させることが、彼女のしあわせに繋がると思っていた。リゾート開発を成功させれば、彼女の笑顔を見られるのだと……なのに。

彼女がこの地を離れようとしていたことにショックを隠せない。

いや、そもそも俺は、彼女のためにこの地を発展させようとしていたのか？　違うだろう。祖父の意志を継ぐことと、彼女は無関係。

たとえ彼女がこの街にいなかったとしても、リゾート開発は成し遂げるし、逆に、彼女がこの地を離れたからといって、彼女への気持ちが変わるわけでもない。

ともに家庭を築くなら彼女がいい、強引に見合いをさせられた日、確かにそう感じた。俺の中で彼女はとっくに特別で、恋人以上の存在になっていたのかもしれない。

突如考え込む俺を見て、花澄は「一弥さん？　どうかしましたか？」と不思議そうな顔をする。

そのあどけない表情を見つめながら、この欲求を満たすためにはどうしたらいいかを考える。

突き詰めれば、彼女の傍にいたい、ただそれだけだ。

もう少し貪欲な言い方をすれば、彼女を自分のものにしたい、独占したい――まるで恋人に抱く感情そのもので、逆に腑に落ちた。俺は花澄のことをとっくに恋愛対象として見ていたらしい。

だが、俺が求めているものは、恋人のような一過性の生温《なまぬる》い関係ではない。

もっと不変的な、病めるときも健やかなるときも永遠に続いていくもの――夫婦であり家庭だ。

「花澄」

あらたまって、カウンターに立つ彼女に向き直った。

「聞いてほしいことがある」

キョトンとする彼女に向かって、長い思考の末、出した結論を告げる。

「俺と結婚してくれ」

「え……?」

彼女は、その申し出があまりに予想外だったのか。大きく目を見開いたまま固まってしまった。

第五章　パートナーの定義

突然のプロポーズに、私はひどく混乱していた。

なぜだろう。さっきまで祖母の腰痛と今後の仕事の話をしていたはずなのに。

どうして突然『結婚してくれ』になるの？

彼の考えていることがわからない。突拍子がなさすぎる。

「けっ……こん……」

自分でその単語を口にしてみるが、いっそう信じられなくて現実味が失せる。

なにかの冗談だろうか。いや、彼は冗談を言うような人ではない。おそらく本気だ。

そういえば、以前も言っていたっけ。『俺に家族を作ってくれないか』と。

あのときは冗談だなんてごまかしていたけれど、もしかしたら、ずっと考えていたことなのかもしれない。私の子どもに対する対応力を買ってくれているようだから。

だがなぜ、このタイミングでそんな話を？　喫茶店を畳むことと結婚になんの関係が？　寡黙な彼が紡ぎだす数少ない言葉から、必死に筋道の予測を立てる。

あ、もしかして、これは再就職のお誘いなのだろうか。喫茶店をやめて次の仕事を探すくらいなら、俺の子どもを育ててはみないか？ と。

つまり、これは求人募集？ 採用の条件は世継ぎを産める健康な肉体、そして、優れた育児力……！

仕事と呼ぶには、内容が少々ヘビーではあるけれど。

「一弥さん……」

私があらたまって声を低くすると、彼は「なんだ」と息を呑んだ。

「……本気ですか？」

「本気だ。本気で結婚を申し込んでいる」

彼の意思を再度確かめて、あらためて自分の心と向き合う。

もちろん、相手が一弥さんでなければ即刻お断りしていただろう。結婚とは、ただ子孫を産み育てるだけではなく、この先の人生をともに生きること。信頼できる相手とでなければ成り立たない。

一弥さんが魅力的な男性だからこそ、私を必要としてくれるならば、求めに応えたいとも思える。

このプロポーズが、愛とか、恋とか、そういうものでなかったとしても、私を信じてパートナーに選んでくれたことに変わりはない。

そもそも、彼との結婚を拒《こば》むだけの理由があるだろうか？

一弥さんは、ちょっと愛想は悪いかもしれないけれど、優しいし、誠実だし、すごく真面目だし、見た目だってとても格好いい。

しかも、大企業の社長という立派な役職についている。仕事熱心で前向きだ。

頼もしくて、親切で、さっきだって祖母のことを助けてくれた。なにより祖母が彼のことを気に入っている。

ない。結婚を思い留まらせるような要因が、彼の中になにひとつ見当たらない。

一弥さんは完璧すぎて、自分にはもったいないくらいだ。

これはとても光栄なこと、躊躇う必要なんてないじゃない、と自分に言い聞かせる。

「……わかりました」

私はぎゅっと拳を握り締めると、意を決して彼に向き直った。

この『子づくり及び育児、ついでに結婚』というハードな仕事を引き受けようと覚悟を決める。

「任せてください。私、産みます……！　しっかり育てます！」

並々ならぬ決意で言い放った言葉に、彼は一瞬驚いた顔をして、パチパチと目を瞬いた。

返答の意味を咀嚼《そしやく》するまで、少々時間がかかったらしく、わずかに間を置いて言う。

「……あ、ああ。いずれは、お願いしたい」

あれ？　と私は首を傾げる。なにか変なことを言ってしまっただろうか？

考えてみれば「結婚してくれ」の返事が「子どもを産みます」というのはおかしい。

せっかくオブラートに包んでくれていたのに、自分から剝がしてしまった。変な意味に捉えられてしまったかも……。

私は赤面しながら「そ、そのプロポーズ、お受けします……」と言い直した。

祖母の様子が落ち着くまで、一弥さんはここにいてくれるという。もし痛みが悪化するようなことがあれば、ホテルに置いてある車で救急病院に連れていってくれるそうだ。

しかし、二時間も経つと薬が効いたのか、祖母の様子は落ち着いた。まだ自力で立ち上がれはしないものの、横になっていればそこまでつらくはないという。

あまり食欲がないという祖母に、お粥《かゆ》を持っていく。一弥さんの手も借りて座椅子に座らせ、食べさせてあげた。

「わざわざこんなことまでさせてしまって、本当に申し訳ありません」

祖母は一弥さんに何度もありがとうとごめんなさいを繰り返している。しかし、一弥さんは「俺がいるときでよかったです」と言ってくれた。

食事を終えた祖母は、ひと眠りすると言って、布団に横たわった。

もう一弥さんには帰ってもらっても大丈夫だろう、一階に戻り、喫茶店の入口で彼をお見送りする。

店を出ようとドアに手をかけた一弥さんだったが、ふと手をとめて、こちらに向き直った。

「なぜ、結婚を承諾してくれたんだ？」

ドアを背にして、彼が尋ねてくる。そういえば、「結婚してくれ」「わかりました」で会話が終わって、お互いの気持ちなんてまるで確かめていなかったことに気づく。

「それは……」

なぜかと問われて、ドキドキしながら言葉を選ぶ。

ずっと好きだったから？　プロポーズがうれしかったから？　運命を感じたから？

でも、合理性重視で結婚を選んだ彼からしてみると、好きだとかうれしいだとか言われても、重たいだけかもしれない。

「一弥さんが必要としてくれたので」

シンプルにそう答えると、彼はすっと瞳を細めて、私の頬に手を伸ばしてきた。

「ああ。俺には君が必要だ」

抑揚《よくよう》のない低い声——が、今この時はなんだか熱を帯びて聞こえる。

彼の秀麗な顔がゆっくりとこちらに近づいてきて、なにかを予感したのか、鼓動が勝手に早くなった。

「君に妻の役割を求めてもかまわないか？」

艶めいた眼差しをされ、バクバクと胸が震える。

彼は私に子育てだけじゃなく、もっと違うことも求めているの？　それとも、これは子づくりの延長線上？

半信半疑《はんしんはんぎ》ながらもこくりと頷く。

頬に添えられた手が私の顔を持ち上げる。もっとこっちに来いというように。

彼のもう片方の手が私の首筋に回り、親指が耳朶を撫でた。びくりと小さく震えながらも、先を求めるように彼を見つめ続ける。

少し怖くて緊張もするけれど、その続きをしてほしい。彼にされるなら……かまわない。

彼の顔が近づいてくるとともに、私はゆっくりと瞼《まぶた》を落とす。

視界が真っ暗になったときには、唇に温もりが触れていた。

優しくて、柔らかい。ゆっくりと鼻で息を吸い込めば、私を惑わすような芳《かぐわ》しい香りがした。

ただ体の一部がほんの少し触れただけだというのに。

不思議と、一弥さんの特別になれた気がして、すごくうれしい気持ちになった。

唇が離れるとともに、ゆっくりと目を開けると、彼はいっそう情熱的に私のことを見下ろしていた。

「また、すぐに会いにくる」

もう来ないかもしれないと疑っていただなんて言ってしまったから、気を遣ったのだろう。ちょっぴり掠《かす》れた声でそんなことを言う。

「はい」

私はこっくりと頷いて、目を伏せる。しばらくのお別れなのだから、ちゃんと彼の目を見て挨拶しなければ失礼なのに、先ほどのキスが照れくさくて顔を上げられない。

頬がじわじわと緩んできて、もしかしたらにまにましているかも。余計にこんな顔、見せられない。

彼が私から手を離し背を向ける。ドアノブに手をかけ、押し開けようとするけれど。

再び彼の手がドアから離れ、少しだけ開いたはずのドアが閉まった。その衝撃でドアベルがリンッと短く鳴る。

私が驚いて彼を見上げると、なんだか険しい目で、でも、どこか困ったようにこちらをじっと見つめて——。

「花澄」

「は、はい！」

「……足りない」

次の瞬間、強い力で抱きすくめられた。私は彼の肩に顔を埋め、驚きに呆然《ぼうぜん》とする。

「一弥さ——」

その名を呼び終える前に、唇を塞がれた。先ほど交わした軽く触れるだけの優しいキスとはまったく違う、強く、激しいキス。

食《は》まれた唇から、妖艶《ようえん》な音が鳴る。角度を変えて幾度も交わり、咄嗟に彼の背中に手を回した。しっかりしがみついていないと、倒れてしまいそうだ。

「一弥——さんっ……ぅう……！」

彼の大きな手が私の後頭部をしっかりと捕まえて、唇を押し当てるかのようにかき抱く。その激しさに呼吸すら忘れ、無我夢中《むがむちゅう》で彼の求めに従う。

ダメ……膝の力が、入らない……！

ふらりと倒れそうになると、すかさず太ももの裏に手を回され、身体を抱き上げられた。

「っきゃ！」

そのまま近くにあったボックス席に連れていかれる。彼は赤いベルベッド地のソファに私を横たえると、座面に押しつけるようにして覆いかぶさった。

「あ……一弥さ……」

再び熱いキスが始まる。今度は指先で口を押し開けられ、舌で深くまで探られた。

呼吸すら危うくなって、息が絶え絶えだ。どうやら彼も同じようで、店内にふたりの荒々しい吐息が響いた。祖母が二階にいてくれてよかったと、心の底から思う。

『足りない』――彼の発したその言葉の意味がようやくわかって、赤面する。

「……足りましたか？」

彼が唇を離すのを待って尋ねると。

「君は足りたのか？」

挑発的な表情でそう尋ね返してくる。

これがファーストキスだった私からしてみれば、充分すぎるほど満ち足りたのだけれど、離れるのが惜しくて首を横に振ってしまう。

キスが足りないのか、彼が足りないのか。

どうしたら足りるのだろう、それすらもわからず、彼の服の袖をぎゅっと捕まえる。

彼はもう一度軽く唇を奪って、私の髪をそっと梳いた。

「続きは……お祖母さんが元気なときに。君を持ち帰ることにする」

その気遣いに、優しさに、トクンと鼓動が鳴る。

彼は私の背中を支え、そっと起き上がらせてくれた。

「驚かせて、すまなかった」

紅潮《こうちょう》した彼の頰。すごく熱っぽく見えるけれど、表情はなんだか申し訳なさそう。

罪の意識を感じているのだろうか。やりすぎたって思っている？

私は首を横に振って「うれしかったから……」とひと言添える。

怪訝な顔の彼。信じてくれていないのだろうか？

だったら――とその顔を引き寄せて、自分からそっと口づけをしてみる。

たぶん、すごく下手だったと思う。唇の真ん中にキスをする勇気はなかったから、端っこのほうにひとつ。もしかしたら外れてしまっていたかもしれない。

するると彼はクスリと小さく笑って、びっくりするほど優しい目で私を見つめた。

「俺もだ。花澄とこうしていられることが、とてもうれしい」

彼がこんな素敵な表情を持っていただなんて。うっとりと見惚れてしまう。

同時に、胸がぎゅっと摑まれるように痛くなった。どうしてだろう、うれしいのに苦しいだなんて。

この関係がかりそめだと知っているからだろうか。彼は私を愛しているわけではなく、家庭を作りたいだけ……。

名残惜しさを感じながらも彼と別れた。彼がいなくなったあとも、胸がドキドキして収まらない。

彼にとっては子づくりのための結婚——そう知りつつも、何度も何度も彼とのキスを思い返してしまう。

布団に入ってもう寝なきゃという時間になっても、幾度も思い返しては、初めてのキスの感触に浸っていた。


昨夜、一弥さんはシーフェニックスホテルに泊まったようだ。

朝早く車で迎えに来て、祖母を病院に連れていってくれた。

腰に注射をしてもらうと、痛みはすっかり引いたようで、祖母は普通に歩けるようになった。だが、しばらくは要安静だ。二週間は店に立たないでもらおうと思う。

その間、ボナールは私と那智くんだけになるが、十月に入りシーズンが過ぎた今ならふたりでも問題はないだろう。

病院から歩いて帰るという祖母をなんとかなだめて、一弥さんの車で送ってもらう。店番を那智くんに任せ、私と一弥さんは祖母に付き添い住居スペースへ向かった。

「本当にありがとうございます。重ね重ねご迷惑をおかけしました」

一弥さんにお茶を出そうとする祖母。お願いだからゆっくりしていてと居間の座椅子に座らせる。

「いえ。俺にできることがあれば、なんでも言ってください」

祖母に代わりキッチンでお茶を入れていると、居間からふたりの話し声が聞こえてきた。

「それと、花澄さんのお祖母さん、こんなときに申し訳ないのですが、お話ししておきたいことがあります」

一弥さんがあらたまって切り出したから、私はドキリとして居間に戻る。もしかしたら「結婚を前提にお付き合いさせてください」なんて報告をするのかもしれない。

ドキドキしながら、彼の言葉を待っていると。

「どうか花澄さんを俺にください」

突然頭を畳につけたから、私は内心ひええ！　と悲鳴を上げた。

直球だ。ド直球。お付き合いのご報告をすっ飛ばして、結婚にいってしまった。

まぁ、でも、一弥さんらしいとも言える。彼は嘘や方便を使わない、真っ直ぐな人だから。

私は慌てて一弥さんの隣に正座し、同じように頭を下げた。

「け、結婚させてください！」

祖母はとにかく驚いて「あらあらあら……まぁまぁまぁ……」と感動詞を繰り返している。

顔を上げると、祖母の目がじんわりと涙ぐんでいることに気づいた。

「花澄が『こうしたい』って言ってくれたのは、初めてね。いつも自分の意思は二の次で、なにをしたいかではなく、なにをすべきかばかり考えていたでしょう」

祖母の言葉にハッとさせられる。

そういえば、祖母と喧嘩をしたことがない。それは、甘やかされていたわけではなく、祖母が譲歩してくれていたわけでもない。きっと私が、祖母の思っているであろうことを先回りして、意見の食い違いを避けていたせいだろう。

だって、祖母と喧嘩をしてまで貫きたい意見など、これまでなかったから。

「花澄はここに引き取られてきて、無意識に私たちに遠慮していたんでしょう。進学するときだって、なるべく私たちに負担のかからない学校を選んで、いざというときにこの喫茶店が継げるように栄養系の専門学校に行ったでしょう？」

確かに、専門学校を選ぶときになにを基準にしたかといえば、この喫茶店だった。喫茶店の経営資格が取りやすいように。栄養士の資格も、いずれメニューを考えるときなどに、必要になるかもしれないと思い取得したのだ。

「本当は、もっと他にやりたいことがあったんじゃないかって、心配していたのよ」

「遠慮していたわけじゃないのよ？　専門学校だって、本当に私が行きたかったから選んだだけで……」

「無意識のうちに、私たち夫婦にとって都合のいい選択をしてくれてたんじゃない？」

祖父母から反対されてまで、押し通したいことなどなかった。

そういう意味では、私の意志というよりは、もともとあった選択肢から一番都合のよさそうなものを選び取っただけだ。

「でも、やっと花澄が自分のやりたいことを教えてくれた。今の花澄の一番の夢は、一弥さんのお嫁さんなのよね？」

思わず隣にいる一弥さんの顔を覗き込む。

意志の強い、揺るぎない瞳が私を見返してくる。嘘を知らない真っ直ぐな瞳だ。彼のことなら信じられるという直感がある。

たとえこの結婚が賭けのようなものだったとしても、ここから紡ぎ出される未来に賭けてみたいと、彼の瞳を見つめながら思った。

「はい」

私がはっきりと返事をすると、祖母はほんのり濡れた目尻を指先で拭った。

「花澄がそう決めたのなら、なんの文句もありません」

そう言って、今度は一弥さんに向き直る。

「花澄は、幼い頃に両親を亡くし、家族の温もりを知らずに育ったの。どうかこの子に家族を作ってあげて」

祖母にお願いされた一弥さんは、静かに目を伏せた。しかし、再び顔を上げ、力強い眼差しで祖母を見返す。

「お言葉ですが、お祖母さん。花澄さんは、家族の温もりを知らずに育ったとは思えません。心優しくて、しっかりとした、立派な女性です。あなたが両親の代わりにしっかりと愛情を注いだからではありませんか？」

その言葉を聞いて、祖母は驚いたように目を見開いた。そしてうれしそうに、再び目の端を拭う。

「孫をどうかよろしくお願い致します」

「必ずしあわせにします」

頭を下げようとする祖母の背中をさすって、無理をしないでと支える。一弥さんは深々と頭を下げて、その言葉に偽りのないことを示してくれた。

幾度か彼とメールでやりとりをしながら一カ月が経った。十一月上旬、外はすっかり秋になり、海の街は寂しい雰囲気を漂わせている。

シーズンが過ぎ、観光客はだいぶ減っているけれど、年末になり冬休みが訪れれば、また人が増えるだろう。

祖母は二週間くらい腰痛を引きずっていたが、最近は調子がよさそうだ。

祖母の静養中は、那智くんに朝から晩までシフトに入ってもらった。

ちなみに、那智くんは私の結婚をまだ納得してくれていない。相手の素性が鳳城グループの代表取締役社長だと聞いて、いっそう嫌な顔をした。

きっと心配してくれているのだろう。平凡な私では、釣り合わないと思っているのかもしれない。

日曜日の今日は、祖母と那智くんにお店を任せて、都内にある一弥さんの実家に向かった。

ご両親へ結婚の挨拶を済ませ、お食事をご馳走になったのだ。

鳳城家は、映画のセットかと思うほど豪華なお屋敷だ。立派な家柄であることはわかっていたけれど、私のような一般人が嫁いで本当に大丈夫かなぁと、心の底から不安になった。

だが、一弥さんはかまわないと言ってくれている。それどころか――。

「わざわざ付き合ってもらって本当に申し訳なかった」

帰り道、車を運転しながら一弥さんはしきりに謝ってくる。

ご両親にご挨拶――結婚するならば当然なのだから、申し訳なくなんてないのだけれど、誰より一弥さん自身が帰省をすごく嫌がっていた。

「そんなことありませんよ。ちゃんとご挨拶できてよかったです」

「面倒な両親だっただろう」

「そんなこと……！」

確かに、ちょっと違和感のある食事会だったかもしれない。

お義父《とう》さまは寡黙で、ある意味一弥さんにそっくりな人だった。簡単な相槌しか打ってもらえず、私のことを嫁として受け入れてくれたのか、いまいち謎だ。

反対に、お義母さまは、エネルギッシュな人だった。全身を宝飾品で飾り立て隙のない女性といったイメージ。アパレル企業の経営者と聞いて納得。私は緊張から気疲れしてしまった。

一番気まずかったのは、一弥さんとご両親がろくに会話をしないこと。簡単に私を紹介したあと、一弥さんは黙り込んでしまうし、ご両親もとくに話しかけようとはしなかった。

再婚したと聞くし、複雑な事情があるのは仕方がない。でも一弥さんが『親の愛を感じたことはない』と言う理由が、少しだけわかった気がしている。

ただ、私たちの訪問を喜んでくれた人もいた。彼の妹の美代莉ちゃんだ。

「美代莉ちゃんは、お兄ちゃんにべったりでしたね」

「歳が十五も離れているからな。普通の兄妹《きょうだい》とも少し違うかもしれない」

一弥さんだけではなく、私のことも温かく迎え入れてくれた。私の着ていたワンピースをすごくかわいいと褒めてくれて、今度一緒にお洋服を買いに行こうと約束した。

別れ際は、お兄ちゃんをよろしくお願いしますと、深々と頭を下げられてしまった。

「美代莉ちゃんと話をするときの一弥さん、すごく優しい顔をしていましたよ」

私には見せてくれない慈愛《じあい》に満ちた眼差し。ちょっぴり羨ましくなってしまうほどだ。けれど一弥さんは「そうか？」と不思議そうな顔をする。

「俺としては、花澄と話すときのほうが、優しいつもりなんだが」

私と話しているときは、優しいというよりかは――凛々しくて、艶っぽくて、甘くて……と、そんなことを考えていたら顔が熱くなってきた。

「だいたい、唯志さんまで来るとは聞いていなかった。誰が情報を漏らしたんだか」

そういえば、一弥さんの従兄――唯志さんが会食の最後にひょっこりと顔を見せてくれた。『従弟殿《いとこ》の婚約者がどうしても見たくて』とのこと。

すごく高級そうなワインを手土産に持ってきてくれたのだけれど、一弥さんは運転があるからと断っていた。

唯志さんからは「従弟が不愛想でごめんね～」「根は悪いやつじゃないんだけどさ～」とフォローをされた。面倒見のよいお兄さんといった感じの男性だった。

一弥さんは、とにかく唯志さんを鬱陶《うっとう》しそうにしていたけれど――。

「あまり邪険にしてはいけませんよ？　親身になって一弥さんのことを考えてくれているんですから」

あまりにも唯志さんへの対応が素っ気なかったから、そう釘を刺すと、一弥さんはハンドルを握りながら嘆息した。

「わかっている。……だが、花澄がそう言うなら、今度会ったとき、あらためて礼を伝えることにする」

そうしてほしいと私はこくこく頷く。

喫茶店に戻る頃には、十八時を回っていた。そろそろ店は閉店の準備を始めている頃だろう。

「そういえば、最近、パンケーキを食べていないな」

思い出したように一弥さんがつぶやく。前回訪れたときは祖母が倒れてしまって、パンケーキを焼くどころではなくなってしまった。その前は、シーフェニックスホテルでお食事をしたあと、なにも口にせずに帰ってしまったし……。

「久しぶりに食べていってくれますか？」

「なら、ホテルに車を停めてくる」

「じゃあ、私は先に喫茶店に戻って、準備をしておきますね」

私を喫茶店の前に下ろすと、一弥さんはホテルに向かって車を走らせた。

私は「ただいま」と声をかけながら店の中に入る。お客さまはひとり、那智くんが接客してくれている。カウンターにいた祖母は「あら、早いのね」と声を上げた。

「遠慮しないで、もっとゆっくりしてくればいいのに」

「このあと、パンケーキを食べにきてくれるって。今、車を停めに行っているわ」

祖母と軽く会話を交わしたあと、私は自室に向かい、会食用のワンピースから接客用のブラウスとロングスカートに着替えた。

髪をきつめに結び直し、ブラックのエプロンをまいて店に戻る。

私がカウンターに入ると、那智くんが注文のミックスサンドを盛り付けているところだった。私に気がついて、ちょっぴりふてくされた顔をする。

「留守中にお店をお任せしてしまって、ごめんね」

申し訳なくなって声をかけると、彼は「いえ」とハッキリとした口調で答えた。

「それに関しては気にしてません。アルバイト代もいただいてますし」

「そ、そうなの？」

ではどうして不機嫌なのだろう？　私が首を傾げると、那智くんは忌々《いまいま》しげに口を開いた。

「あの人が、これから来るんですって？」

眼鏡の奥の目つきを鋭くして、ムッと口を尖《とが》らせる。

「ああ。一弥さんね。接客は私がやるから、那智くんは閉店の準備を――」

そう声をかけたところで、ドアベルがリンと鳴り響いた。噂をすれば。一弥さんだ。

『いらっしゃいませ』

ちょっぴり浮かれた私の声と、那智くんのぶっきらぼうな声が重なる。

那智くんはあきらかに不満そうな顔で、作り終えたミックスサンドを客席に届けに行った。ハラハラするも、お客さまの前では笑顔に切り替えて「お待たせ致しました」と声をかけていたのでホッとする。

一弥さんはカウンターの真ん中に腰掛けた。

「アイスカフェラテでかまいませんか？　そろそろ寒くなってきたので、ホットにします？」

「いや。アイスでかまわない」

私はおしぼりとお冷をお出ししたあと、さっそくカフェラテの準備に取り掛かる。

すると、客席から戻ってきた那智くんが、彼に声をかけた。

「あなた、鳳城グループのトップなんですって？」

私はびっくりして那智くんを見つめる。一弥さんも少し驚いたような顔で、質問に応じた。

「そうだが……？」

「そんな身分の人が、どうして花澄さんを？　普通、社長とか大金持ちの人っていったら、もっと良家のお嬢さまとか芸能人とかをお相手にするもんじゃないんです？一体なんの気まぐれですか」

冷ややかに一弥さんを睨む。言いがかりのようなものなのに、一弥さんは気を害することもなく、きちんと那智くんの話に耳を傾けている。

「一概にそうとは言えないだろう。人それぞれだと思うが」

「じゃあ、花澄さんに迷惑だろうとは考えないんですか？　あなたの家のごたごたに巻き込まれて」

「迷惑だなんて――」と声を上げるが、一弥さんが大丈夫だとでも言うように手で遮った。那智くんの言い分を最後まできちんと聞きたいらしい。

「もちろん、あなたの家の中のことは知りません。ですが、財閥で資産家、会社を経営しているともなれば、なにかしらいざこざがあるでしょう。この結婚は、本当にご家族から賛成してもらっているんですか？」

ズキンと胸が痛む。ご両親からは、非難こそされなかったけれど、きっと賛成されてもいない。今日、それを肌で感じてしまったから。

本当に結婚相手が私でいいのだろうか。単純に子どもを産んで育てるだけなら、私でなくてもかまわないはず……。

一弥さんはわずかに沈黙したが、やがて言葉を選ぶようにゆっくりと口を開いた。

「君は家族が反対すれば、その女性をあきらめるのか？」

逆に尋ねられ、那智くんの目元がぴくりと引きつる。

「花澄にとって〝迷惑だ〟と言ったな。俺にとってのパートナーとは、お互いの弱点を補い合えるような存在だ。そもそも、迷惑をかけないことなどありえないだろう。その代わり、俺なりに彼女の力になれることもあると思っている。鳳城財閥のトップに立つからこそ、守れるものもある」

気がつけば私は手が止まっていた。一弥さんがそこまで考えてくれていたとは思わなくて。

「重要なのは、俺と花澄の意思だ。他の誰にもこの結婚を非難させるつもりはない」

力強い眼差し、並々ならぬ覚悟――真っ向からぶつけられた那智くんは、ごくりと喉を鳴らす。

「答えになっただろうか」

「……あなたは、本当に花澄さんを愛しているんですか？」

私は息が詰まりそうになった。けれど、一弥さんはなんの迷いもなく答える。

「でなければ結婚するはずがないだろう？」

その言葉に、今度こそ呼吸が止まるかと思った。

一弥さんは、心の底から私を愛してくれているの？　そんな期待が脳裏を掠めて、鼓動がトクトクと速くなってくる。

那智くんはくやしそうに唇をかみしめているけれど、これ以上言いたいこともないらしく、戦意を喪失したような目でうなだれる。

そのとき、店の奥から祖母がやってきて、那智くんの肩を叩いた。

「ちょっと早いけれど、お店の外を掃いてきてくれる？　日曜日だし、早めに看板を下げましょうか」

「……わかりました」

那智くんはレジの奥の戸棚から箒《ほうき》と塵取《ちりと》りを取り出すと、店の外へ出ていった。そのうしろ姿を見送って、祖母は一弥さんに声をかける。

「すみませんね。あの子、花澄が取られてくやしいみたいだわ」

クスクスと笑う祖母に、一弥さんは穏やかに答える。

「彼が花澄さんのことを心配してくれているなら、誠意を持って答えなければ」

「一弥さんは真面目な人なんですねぇ」

祖母はお冷を用意すると、那智くんが接客していたお客さまのグラスを取り換えにいった。私はまだ少しドキドキしながら、一弥さんにアイスカフェラテを差し出す。

「お待たせしました」

「ありがとう……今日は付き合わせてしまってすまなかった。埋め合わせをしたい」

不意に一弥さんが切り出したから、私は慌ててかぶりを振る。

「埋め合わせだなんて、そんな――」

「どこか行きたいところとか、買いたいものなどあれば、遠慮なく言ってくれ。送迎でも荷物持ちでもなんでもするから」

すると、空になったグラスを持ってカウンターに帰ってきた祖母が、思いつきのように口を出した。

「だったら、旅行にでも連れていってもらったら？　花澄ったら、おじいちゃんが亡くなってからどこにも出かけていないじゃない」

私はぎょっとして祖母を見る。そんなハードルの高いことを要求するなんて！

しかし一弥さんは、カフェラテを飲みながら「旅行か……」なんて思案し始める。

「じゃあ、おばあちゃんも一緒に――」

「それじゃデートにならないじゃない」

「でも、私ひとりで行くなんて……」

腰の悪い祖母をひとり置いてなど行けない。けれど祖母はカラカラと笑って腰を叩いた。

「私のことは気にしないで。二、三日くらい大丈夫よ。どうしてもつらくなったら那智くんを呼ぶし、近所に声をかけられる人もいるから」

そのとき。外を掃き終えた那智くんが店に戻ってきた。祖母はちょうどよかったとばかりに声をかける。

「ねぇ那智くん。今度、ふたりが旅行へ行くらしいの。またシフトに入ってもらっていいかしら？」

那智くんは箒と塵取りをしまいながら、胡乱気な目をこちらに向ける。

「……かまいませんよ。日にちが決まったら教えてください」

ぶっきらぼうにそう答え、そのままお客さまのお皿を下げに行く。

さっそく一弥さんは携帯端末のスケジュール画面を確認しながら「定休日の月曜日を使って宿泊したほうがいいか……」なんて予定を組み始める。いつの間にか周囲が固められてしまった。

「……その、もし一弥さんのお仕事の都合がつくようでしたら……」

もじもじしていると、一弥さんがふっと眼差しを緩めた。

「ああ。調整できると思う。行きたい場所を考えておいてくれ」

優しい眼差しにドキリとする。不愛想な彼がこんな目をするのは反則だ。「はい」としか答えられない。

しばらくすると、ミックスサンドを食べ終わったお客さまが会計を済ませ帰っていった。ドアの外側にはすでに【CLOSE】の看板が下げられている。

那智くんはシフトを終え帰宅、祖母は奥の部屋へ引っ込む。

ふたりきりになった店内で、パンケーキを食べる一弥さんの隣に座らせてもらった。

「君も食べるか？」

パンケーキをナイフでひと口大に切って、生クリームをたっぷりと絡めたひとかけを、私の口元に持ってくる。

少し緊張しつつも、彼のフォークにかぶりつく。彼に食べさせてもらったパンケーキは、いつもと同じレシピのはずなのに、なんだか甘い気がした。

ひと口が大きすぎたせいで口の端についてしまったクリームを、彼は指先ですくおうとする。が、ぴたりと手を止めて私を見つめた。

「一弥さん……？」

口元にクリームのついている顔を、そんなにまじまじと見ないでほしい。恥ずかしくなって、自分で口元を拭おうとすると、彼はその手首を摑み取り、顔を寄せた。

「い――」

名前を呼びかける間もなく塞がれる唇。彼の唇と舌が交互に、口の周りについたクリームを舐めとっていく。

途中から、クリームを舐めているのか、単にキスで遊んでいるのか、わからなくなった。ちゅぅ、ちゅっ、と幾度か音を響かせて、唇が離れる。

この音を祖母が聞いていたらどうしよう、思わずそんなことを考えてしまう。

「……今日は一度もキスをしていなかったと思って」

彼が言い訳のようにつぶやく。でもその表情はキリッとしていて、躊躇なんてまったくしていなさそうだ。

「……そう、ですね……」

とても見つめ返すことができなくて、真っ赤になって顔を伏せた。そんな私の顔を押し上げ、彼は言う。

「あの青年が言っていた通り、君に迷惑をかけることもあるかもしれない。だが、必ず守る。信じてくれるか？」

私はこくりと頷いて、ずっと胸に引っかかっていたことを思い切ってぶつけることにした。

「さっきの、本当ですか？　……愛してるって」

さすがにこんな質問は意外だったのか、彼はわずかに目を見開き困惑顔をする。

「君にまで疑われていたのか？」

「そういう話、全然していなかったので……」

結婚してくれとは言われたけれど、愛しているとは言われていない。

まるで揚げ足を取っているようで申し訳ないけれど、愛されている実感のない私には、とても重要な問題だ。

「愛しているから結婚を申し込まれたのだとは、思わなかったのか？」

「……子どもがほしいって言っていたので、子どもを産んでくれって意味だと」

「俺は、子どもを産む機械がほしいわけじゃない」

彼の手が頭に伸びてきて、私を叱るみたいにくしゃっと撫でた。髪を梳きながら下に流して、そのまま頬をすくい上げる。

「できることなら、俺の子どもを産んでほしい。ともに家庭を作りたい。だが、それだけじゃない。女性として、パートナーとして、俺の隣にいてほしい」

じん、と胸が熱くなった。彼は子づくりのためだけじゃなく、ちゃんと私のことを見ていてくれたのだ。一緒に生きていきたいと思ってくれていた。

「俺の態度はわかりにくかったか？」

「……ちょっとだけ。でも、もうわかりましたから」

そう言って目を閉じて、彼の口づけを受け止める。

少し考えればわかることなのに。私を求めるこの唇も、熱い吐息も、甘やかな眼差しも、全身全霊《ぜんしんぜんれい》で好きだと言ってくれている。私が勝手に不安がっていただけだ。

その日、もう何度目かわからないキスを別れの挨拶に代えて、彼は店を出ていった。

彼の唇から伝わってきたメープルシロップの香りがまだ甘い。たいして食べてもないのにお腹がいっぱいになってしまった。

第六章　だって夫婦になるんですから

十一月も終わりに近づく頃。私と一弥さんは、年末で忙しくなる前にと、旅行に出かけた。

祖母の腰の調子がどうしても心配だった私は、近場の温泉地を選んだ。一泊二日のショートトリップだ。

一弥さんはすぐ鳳城グループ系列のホテルを手配してくれた。シーフェニックスホテルとはまた違った魅力を持つ温泉旅館風リゾートだ。

「素敵なお部屋ですね」

温かみの感じられる木の柱に、床の間や襖《ふすま》。和室かと思いきや、寝室はベッド。広々としたリビングにはソファが置かれていて、手触りのいい和柄の生地が張られている。

ソファに座れば、一面に取られた大きな窓からウッドデッキが見えて、デッキには檜《ひのき》風呂とハンモック、そのうしろに赤や黄色に色付いた山々が広がっている。

近代的で美しいのに、どこか昔懐かしくホッとする。こういうのを『和モダン』と呼ぶのだと、さっきロビーで見たパンフレットで知った。

　室内を見回して目を輝かせる私。一弥さんは「気に入ってくれたならよかった」と安心したように私の肩を抱いた。

　今日の一弥さんの表情は、終始穏やかだ。笑っているのかな？　と思わせるほど目元は緩み、口角もわずかに上がっている。

　彼もこの旅行を楽しんでくれているのかもしれない。

「もしかして、シーフェニックスホテルも部屋の中はこうなっているんですか？」

「いや。あそこは純粋に洋室だ。この地にはもともと温泉街があったから、そのコンセプトにうちのホテルが寄せたかたちだ」

　この温泉地に鳳城グループが進出したのは最近だと言う。街の老朽化していた施設を一新し、新しいながらも伝統を受け継ぐ美しい温泉街にリニューアルオープンさせたのだとか。

　遠のいていた客足も戻り、これまで以上の盛り上がりを見せているそうだ。

　地域との共存、そして、その地に根付いた文化を残しつつ、新しいものを取り入れていく――これが鳳城グループが理想とするリゾート開発のかたちなのだとか。

「ここは都心から離れているにもかかわらず、シーズンが過ぎても常に一定水準の稼働率を保っている。客層もバランスよく集客できているし、国内だけでなく海外からも多く人が訪れる。リゾート開発の成功例と言っていい――と、すまない。花澄に言うことじゃなかった」

珍しく饒舌《じょうぜつ》に語っている一弥さんを見てポカンとして――思わずふふっと笑みがこぼれた。もしかすると、仕事中はよく喋るのだろうか。

「一弥さんがずっとお仕事モードだったら、あれこれ悩まなくて済むのかも……」

普段の彼は寡黙だから、いろいろと勘繰ってしまう。余計なことまで思い巡らせ、結果勘違いしていることもよくある。

「どういう意味だそれは……」

彼は不服だったようで、ソファに腰を据え腕を組む。その隣に私も腰かけた。

「思っていることをたくさん喋ってほしいなぁって意味ですよ」

「仕事中は必要なことを必要な分だけ喋るが……プライベートではそのまま呑み込むことも多いな。比較的、熟考してから口に出す」

プライベートこそ好きに喋ればいいと思うのだけれど……。彼にとっては、仕事よりもプライベートのほうが気を遣うのだろうか。

「呑み込まないで全部出してもらえませんか？　私の前でだけでも」

そうお願いしてみると、彼はじっと私を見つめ――。

「花澄はかわいいな」

突然無表情で甘い台詞を吐き始めたから、私は面食らった。

「今日のワンピースもとても素敵だ。花澄は白がよく似合う。だが、いつも白に暗めの色を合わせようとするだろう、ベージュやグレー、モスグリーンのような……。今度はもう少し明るい色を着せてあげたいんだが、プレゼントしてもかまわないか？　ローズやライラックのような華やかな色も似合うと思うんだが」

「ええと……」

「だが、あまり魅力的すぎても困ってしまうな。君は仕事柄、不特定多数の男性とやり取りをすることになるから。先日も、接客中に口説かれていたことがあっただろう。正直言って心配だ」

……考えていることを全部口に出すとこうなるのだろうか。

「いつも、そんなことを考えていたんですか？」

「意外か？」

「なにも言わないので、そこまでよく観察されているとは思いませんでした」

ぽーっと頬を赤くして一弥さんを見つめていると、彼は嘆かわしげに息を吐いて、そっぽを向いた。

「……引いたな。やはり黙っておく」

「ひ、引いてません！」

「呆れていただろ」

「いや、違っ——急にかわいいなんて言われたから、びっくりしただけでっ！」

機嫌を直してもらおうと慌てて言い募ると。

「……くくっ……」

喉の奥から堪えるような笑い声が聞こえてきて、私は目を丸くした。

「はは。そんなにムキにならなくていい。怒っていないから」

「……っ」

一弥さんが笑った。しかも、からかわれた。まさかあの真面目でジョークのひとつも言わなかった一弥さんに、弄《もてあそ》ばれてしまう日がくるなんて……！

「……ず、ずるい！　私が困るのを知ってて、わざと言いましたね！」

「からかったのは認めるが、かわいいと言ったのは本心なんだから、なんの問題もないだろう？」

口の端をニィッと上げて珍しく狡猾《こうかつ》な表情をする一弥さん。

いやいや、問題ありありです。からかおうとしたことも、アレが本心であるということも。

「……一弥さん、ちょっと意地悪になりましたね」

「俺が聖人君子だとでも思っていたのか？　愛する女性の前で意地悪のひとつも言わない男だと」

挑発的に顔を近づけてくる。思わずどぎまぎして体をうしろへ倒していくと、そのままソファの座面に転がされてしまった。

彼は背もたれに手をついて、私の上に覆いかぶさってくる。

「全部出してと言ったのは君だろう？」

そう言って私の反論をキスで塞ぐ。

温かな唇が角度を変えて幾度となく重なり合った。

困った。今日はふたりの間を邪魔するものがなにもない。たとえば、帰宅の時間とか、祖母の目とか。

「あの……一弥さん……」

キスの合間に呼びかけるが、彼の眼差しは理性を失ったまま。完全に歯止めが利かなくなっている。

このまま、キスを交わす程度では済まないのではないかと予感する。

薄っすらと考えてはいたのだ。結婚を約束して、初めての旅行。子どもがほしいという彼。

やっぱり今夜は、そういうこともしますよね……？

「あ……の、一弥さん！」

緊張に耐えられなくなり、彼の胸を押し返した。拒まれた彼は少々驚いた顔をする。

「そのっ、まだ時間も早いですし、外に出てみませんか！　温泉街、いろいろありましたよね⁉」

思い出したように提案すると、「それなら」と彼は体をどけてくれた。彼の目に少しずつ理性が戻ってくるのを見て、私はこっそりと安堵する。

軽く散策できるよう、ポーチに貴重品だけ詰めて部屋を出る。ホテルのロビーに向かうと、その脇に浴衣のレンタルスペースを見つけて、私は足を止めた。

ホテルのサービスの一環として、無料で着付けをしてくれるらしい。男性ものの浴衣もあるようで、ぐらりと心が揺れた。

私の浴衣姿は……まぁ、そんなにいいものではないけれど、一弥さんの浴衣姿なら絶対に格好いい。

「一弥さん、これ……」

彼の袖をくいっと引っ張ると、浴衣に目を向けたあと、わずかに顔をしかめた。

「この時期に浴衣は寒いんじゃないか？　花澄に風邪を引かせたくない」

「でも、羽織や浴衣用のコートも借りられるそうですよ。まだ日も落ちてませんし。一弥さんと一緒に浴衣で歩きたいです！」

「……少しだけなら」

反対していた彼だったが、私の熱意に負けて了承してくれた。

クローゼットルームに浴衣がたくさん並んでいて、お互いに着るものを選び合う。

彼が選んでくれたのは、白地に薄紅色の牡丹が描かれた浴衣。上品で優しい印象だ。その上から、帯まできっちり収まる深紅のケープコートを羽織る。私が風邪をひいてしまわないように保温を重視して選んだのだろう。

私は黒字にグレーのストライプの入ったクールな浴衣を選んだ。その上にグレーの羽織物を合わせてもらう。

見立て通り、彼はとびきり凛々しい。「格好いいです」と感想を言うと、彼はまったく自覚がないらしく「そうか？」と首を捻った。

「寒くなる前に戻ってこよう」

彼は浴衣の感想より、寒さのほうを気にしているようだ。

部屋ではさんざんかわいいと言ってくれたのに、こういう大事なときには口にしてくれなくて、ちょっぴりしょげる。

ふたりで日暮れ前の温泉街を練り歩いた。小さな川を挟んで旅館や民宿、土産物屋、食事処なんかが立ち並んでいて賑やかだ。

川の両側には真っ赤な欄干としだれ柳。そこに浴衣の一弥さんが立てば、まるで映画のワンシーンのようだ。

しかし、主演の一弥さんの表情は渋い。これではまるで時代劇の哀愁《あいしゅう》漂うお侍さんだ。日中の優しい表情はどこへ行ってしまったのか。

思わず「浴衣、嫌でしたか？」そう尋ねてみると、彼は困ったように眉をひそめた。

「花澄の浴衣姿が似合いすぎて動揺している」

「……困っている顔だったんですか」

「ああ。今までで一番素敵だ」

「そんな顔で言われても……」

そういえば以前にもこんなことがあった。ふたりでナイトクラブに行ったとき、ずっと険しい顔をしてなにを考えているのかと尋ねたら、私のことだと言われたっけ。

「私のことを考えると、怖い顔になっちゃうんですか？」

「気を抜くとにやけてしまいそうなんだ。デレデレした顔を見られたくない」

彼はおもむろに私の手をとると、赤い小橋を渡り、川の真ん中に建てられた屋根付きの休憩スペースへ向かった。

木のベンチに並んで座り、川としだれ柳、両側に立ち並ぶ店屋を見つめながら話を続ける。

「私は見たいです。一弥さんのデレデレした顔」

デレデレしたって格好いいに決まっているんだから、と心の中でつぶやく。

「……笑うなよ」

そう言って、彼は目の力を抜く。途端に彼は、優しくて、甘くて、見ているこちらがとろけそうなほど麗《うるわ》しい表情になった。

ほら、やっぱり格好いいじゃないと、ひとり答え合わせをしてクスクス笑う。

「……やっぱり笑われた」

「違いますよ、今のは一弥さんを笑ったんじゃなくて、うれしくて笑ったんです」

「……まぁ、花澄が笑顔になってくれるなら、かまわないんだが」

困った顔ではにかんで、彼は私から視線を外す。

「部屋に帰ったら、浴衣をもう少しよく見せてくれ。もっと情けない顔になるかもしれないが」

私は自分の胸元を見下ろして「ああ」と納得する。今はケープコートを着ているから、浴衣がよく見えないのだ。それならと、私はコートのボタンを外す。

「花澄、今じゃなくていい、風邪を引くぞ」

「寒くないから大丈夫ですよ。ちょっと着すぎて、暑いくらいで」

前を開けた瞬間、風がコートの中に入ってきてひやりとした。

けれど、しばらく歩いていたおかげで体が温まっているし、彼の傍にいて高揚しているせいか、寒いとは感じない。

彼はじっと私を見つめると、その目を細くして、困ったように眉を下げた。

「すごく綺麗だ」

彼の頬がふんわりと赤く染まり、その瞬間、確かな笑みが浮かび上がる。

安堵と喜びに包まれて、私はまた「ふふふ」と声を上げてしまう。

「大丈夫か？　寒くはない？」

「大丈夫ですよ。心配しすぎです」

それでもまだ心配だったのか、彼は私を正面から抱きすくめる。どうやら体を密着させて暖を取ろうという作戦らしい。

私が彼の胸に顔を埋めて小さく笑っていると、彼も私の頭の上で噴き出すような吐息を漏らした。

「一弥さんが笑ってくれるようになって、うれしい……」

「不思議だな。君といると頬が緩む。これ以上、情けない顔は見せたくないんだが」

「そんなこと、言わないでください。夫婦は、いい顔も悪い顔も全部見せ合うものですよ?」

「悪い顔……か」

思うところがあったのか、彼は意味深にぽつりと言葉を拾い上げる。

「最近、悪いことを考えることがある」

「……どんなことですか?」

「君のことを独占したい。自分だけのものにしたくなる」

彼の腕に力がこもった。熱い気持ちが伝わってきて、その言葉の裏の意味に気づき、体が火照り出す。

「君の全部に触れて、全部を愛して、全部を手に入れたい」

少しだけ体を離し、彼が覗き込んでくる。昂りを隠し切れない目で、私の意志を確認しようとする。

全部を手に入れたい、その意味が理解できないほど私は純真無垢《じゅんしんむく》な子どもではない。

こくりと頷いた私に、意味をわかっていないと疑ったのか、「いいのか？」とさらに念を押してくる。

「はい」

意を決して頷くと、彼は私の肩を抱いて立ち上がった。

「そろそろ戻ろう」

私たちはホテルに向かって歩き出す。

もうすぐ夕方だ。夕食は十九時、まだ少し時間がある。

その間、部屋でゆっくりしようと――彼は意味深に私を誘った。

夕食までの空いた時間、のんびり部屋風呂に浸かろうという話になった。

空はもう暗く藍色に染まっている。十一月も後半に差しかかり、日が短い。デッキの隅に置かれているランプが柔らかく辺りを照らしてくれている。

私が素肌にタオルを巻いてデッキに足を踏み入れると、すでに背中を向けた彼が檜風呂の中に半身を埋めていた。私がお風呂に入るまで、絶対に目を開けないで、それが混浴の条件だ。

「まだ見ちゃダメですからね」

「ああ。わかってる」

やっぱりタオルを巻いたまま湯船に入っちゃだめよね……？　私はタオルをとり、畳んで風呂椅子の上に置く。

桶で体を流しながら、お湯の色を確かめる。少し茶色がかった透明――体を隠すには向いていない。乳白色の温泉を選べばよかったとちょっぴり後悔する。

観念して、お湯の中にそうっと足を差し入れる。なるべく体が見えないように手で胸を隠し、きゅっと膝を曲げ、彼の隣に小さくなって座った。

私の気配を感じ目を開けた彼が、ちらりとこちらを見下ろし口元を緩める。

「せっかく広い風呂なのに、そんなに小さくなっていたら満喫できないぞ？」

しかし、手足を伸ばしてしまっては、全部見えてしまうではないか。わかっていて言うのだから、彼はやはりここにきて少し意地悪になった。

「……男の人はいいですね。見られても困らなくて」

「そんなことはない。俺だって見られれば恥ずかしいさ」

そう言って、私の腰に手を伸ばす。身体を引き寄せられ、こめかみに優しく口づけされた。

「俺に全部をくれるんじゃなかったのか。まだその覚悟はできていない？」

一弥さんは試すようにこちらを覗き込んでくる。その目に邪心なんてなく、とても素直に私を求めてくれている。

うれしくて応えてあげたい、そう思ったけれど――。

「覚悟はありますけど……恥ずかしいものは恥ずかしいんです」

やっぱり堂々と全裸になんてなれない、小さなつぶやきを漏らすと、彼は私の体をそっと離した。

「だろうな。目を瞑っているから、くつろぐといい」

それだけ言うと、私に背中を向けて押し黙る。

「あ……はい……」

彼の言葉に甘えて手脚を伸ばす――が、どうも寂しい。

彼が背中を向けているせいだろうか、一緒にいるのに、ひとりぼっちのような気がする。全然リラックスした気分になれない。

しばらく大人しく浸かっていたものの、耐え切れず彼に声をかけた。

「一弥さん……あの……こっちを向いて？」

「えと……大丈夫、です」

正直言って、いろいろ大丈夫ではなかった。変な筋肉が痛いし、力を抜くと膝がガクガク震えてしまいそうだし、下腹部に違和感もある。なにより倦怠感がひどくて、このまま倒れ込んでしまいたかった。

愛し合うって、こんなにハードなのね……。三十分という短い時間の中で、私はたくさんの未知との遭遇を果たした。

一弥さんは申し訳なさそうに目を逸らす。

「時間がなかったから……その、少し……激しかったかもしれない」

ああ、やっぱりそうなんだ、と私は心の中で頷く。初めてだから比べようもないけれど、ヘビーだった気はしている。とはいえ、心も身体もたっぷりと愛されて、今はしあわせな気持ちに満たされている。

「次は、もっとゆっくり……優しくする」

「……お願いします……」

真っ赤になってペコリと頭を下げる。

ちらりと見上げれば、彼も頬を赤くして困り果てていた。彼って、こんなにかわいい表情をする人だったっけ？

「……食べよう。料理が冷めると悪い」

「そ、そうですね！」

疲れはしたが、お腹は減った。目の前に並んでいるのは和のフルコース。

このホテル内の高級レストランで作ってもらったのだが、ふたりきりでゆっくり食べられるようにと部屋に運んでもらったのだ。

私は前菜をすっ飛ばし、いきなり高級霜降《しもふ》りステーキを頬張って、あまりのおいしさに頬を押さえる。

「すっごくおいしいですよ、一弥さん！」

「肉から行くなんて豪快だな。よっぽどお腹が減っていたのか？」

恥ずかしくなって、むぐっと喉を詰まらせる。お水を喉に流し込みながら、品がないと思われたかなぁと焦る。

「ごめんなさい、その、今はふたりだけだし、気が抜けて――」

「気を遣わなくていい。好きなものから食べてくれ」

私に合わせてくれたのだろうか、彼もお肉を頬張る。

「ん、確かにうまいな」

そう感想を漏らすと、早くも二枚目のお肉に手をつけた。

うまいと言いつつも顔はクールだ。彼のことをよく知らない人なら「本当においしいの？」と聞きたくなるだろう。とはいえ、それが本心であると行動が物語っている。もう三枚目のお肉に手をつけているのだから。

ふと彼と初めて会った日を思い出す。とびきり秀麗だけれど寡黙で不愛想なご主人さま——そんな印象だった。

「……一弥さんは、あまり人との慣れ合いを好まない人だと思っていたんですが」

なるべく話しかけないようにしていたはずなのに、まさかこんな関係になるなんて。あらためて考えるとすごく不思議だ。

「……まぁ、そうかもしれない。花澄とは慣れ合いたいが」

「ふふ」

今では真面目でちょっぴり不器用な彼が、優しくてかわいいとすら感じる。

彼はとても頼もしい人だけれど、完全に見えて完全ではない。彼もきっと自覚している。だからこそ、私を頼ってくれたのだ。

『お互いの弱点を補い合えるような存在』——彼はそう表現していた。

女性として、パートナーとして、隣にいてほしいと言ってくれた人。この先の長い人生を、私とともに歩む決意をしてくれた人。

「一弥さん」

私があらたまって向き直ると、彼のクールな目がぴくりと反応した。

「私を選んでくれて、ありがとう」

大企業の社長で、財閥の跡取りで、きっとすごく優秀な人なのだろうけれど、そんな彼でもひとりではできないことがある。

――『君がいてくれれば、俺は父親になれるかもしれない』――

彼の子どもを産んで、温かな家族をプレゼントしてあげたい。

すると、彼は凛々しいながらもふんわりと目元を緩めた。

「そうじゃないんだ」

出会った当初では考えられないような穏やか笑みを浮かべて、私を見つめる。

「こんな俺と一緒にいてくれる君にこそ感謝したい」

私は言葉に詰まって、微笑みかけることしかできなかった。

温かい家族ができたら、もっと満面の笑みも見せてくれるかもしれない。声を上げて大笑いもしてくれる？　ときには、厳しく怒ることも、涙を流すことだって……。

たくさんの表情を見せてほしい。もっともっと彼の心の中が知りたいと思った。

朝、目を覚ました瞬間、彼と目が合った。

どうやら私の寝顔をずっと見つめていたようで、肘をついて横たわり、今もこちらをじっと見つめている。

「い、一弥さん、起きてたんですか……⁉」

慌てて肌掛けを手繰り寄せ前を隠す。夕べ寝た姿のまま——私も彼も、まだ服を着ていない。

「ついさっき起きたばかりだ」

「お、起こしてくれればよかったのに……」

「もう少し見ていたくて」

普段は無表情のはずの彼が、柔らかな笑みを惜しみなく見せてくれる。そんな顔をされては、文句など言えるわけがない。

障子越しに柔らかな朝の光が差し込んでいて、彼の逞《たくま》しい素肌を照らしている。

……眩しい。いろんな意味で。

「今、何時です……？」

「七時を回ったところか」

「あ、大変！　朝風呂！」

朝は早く起きて、それぞれ大浴場に行こうと約束していたのだが。この時間から行くと朝食に間に合わなくなってしまう。あきらめるしかなさそうだ。

「ごめんなさい、寝坊してしまって……」

私がしゅんとうなだれると、彼は安心しろと言って上半身を起き上がらせた。

「大浴場は無理だが、部屋の風呂なら五分で入れる」

そう言って、浴衣すら羽織らずに立ち上がった彼は、私から肌掛けを奪い取って抱きかかえた。

「え、い、一弥さん⁉」

慌てて前を隠し、彼の腕の中で丸くなる。文句を言おうとしたところに甘い笑みを浮かべられ、なにも言えなくなってしまう。

デッキへ出ると、朝のひやりとした風が肌に突き刺さり、ぶるっと震えた。

しかし、彼が私を抱いたまま檜風呂の中に突入したので、すぐさま体は温まり、急激な温度変化にびっくりした肌がぞわりと粟立《あわだ》った。

「ひゃあっ」

ざばざばと容赦なくお湯の中を進み、中央でどっしりと腰を据える。私を膝の上に座らせ、背後から抱きすくめるように腕を回した。

「これならうしろを向いているから、恥ずかしくはないだろう？」

「……そうかもしれませんけど……」

かなりびっくりした。しかも、背中に彼の素肌を感じるから、恥ずかしくないなんてことはない。

「一弥さんて、本当に心臓に悪い……」

いつもやることが唐突で、顔に似合わず大胆、振り回されっぱなしだ。

彼の腕をきゅっと抱いてむくれていると。

「花澄。見ろ」

彼の声にふと顔を上げれば、真っ青な空に爽やかな陽射し。山は紅葉で綺麗に彩づいている。ひんやりとした風が顔に当たって心地よい。

「気持ちいいですね」

なんて清々しいのだろう。大きく息を吸い込むと、瑞々しい朝の香りが鼻を抜けた。

「朝風呂は気持ちいいし、寝起きの君はかわいい。いい朝だ」

「またそうやってすぐ、私が困ることを言うんですから……」

「本心なんだから仕方ないだろ」

そう言って腕に力を込め、じゃれつくように私の首筋に顔を埋めた。

まさかこんなに堂々と、女性に愛をささやく人だったなんて。

お腹の前で組まれた彼の手をほどき、そこに自分の手を滑り込ませきゅっと絡める。

大きくて力強い手が私の手を握り込んでくれて、しあわせな気持ちになった。


帰り道、一弥さんの車の助手席で、ぼんやりと思いを巡らせた。

このショートトリップで、ふたりの距離は縮まった気がする。体だけでなく、心のほうも。私の膝の上にある彼の左手を握って実感する。

彼は運転の合間に私のほうへ手を伸ばして、甘えるように指先を絡めてくる。

こんなさりげない触れ合いも、昨日の朝にはなかったことだ。

彼の指先をふにふにと揉んで遊びながら、なにげないしあわせをかみしめる。

「街も旅館も、素敵でしたね」

もちろんロケーションだけでなく、彼と一緒に過ごした時間自体が素敵だったのだけれど……そこまで言うのは恥ずかしいので黙っておく。

彼は言葉通りシンプルに捉えたらしく「そうだな」と同意した。

「君の住むあの街も、訪れた人にそう言ってもらえるような街にしたい」

どうやら仕事のことが頭をよぎったようだ。彼はうちの街をあの温泉街のように活気あふれる観光地にしたいのだろうか。

「そうですね。でも、うちには温泉のような名物もありませんし……」

「海があるだろう。マリンスポーツやクルージングのようなアクティビティを作ることも可能だし――」

「でもそうすると、やはり家族向けというよりは若者向けでしょうか。シーフェニックスホテル自体、あまり子ども向けって感じではありませんし……」

私の言葉に一弥さんが押し黙る。ハッとして私は口を押さえた。もしかして、失礼なことを言ってしまった？

「シーフェニックスホテルが悪いって言ってるわけではありませんよ？　ただ、あそこは大人のリゾートといった雰囲気なので、家族でわいわい楽しむ感じでは……」

「一応、家族連れを推奨してはいるし、子ども用の設備も充実しているんだ。ベビーグッズの貸し出しや、プレイルーム、離乳食メニューもある。ほら、ひまりだってうちに泊まっていただろう」

そういえば、と私は記憶を呼び起こす。迷子になったひまりちゃんとその家族は、シーフェニックスホテルに泊まっていたんだっけ。

「だが、君の言う通り、認知度は低いんだ。実際、家族連れが少ない」

「ホテル側が推奨してくれていても、他のお客さんの目もありますから。あまりに高級感のある場所だと嫌な顔をされるんじゃないかと躊躇ってしまうこともありますよね。どうしても子どもは泣いたり走ったりしますから」

実際、ボナールでも、赤ちゃんが泣いて他のお客さまに迷惑をかけてしまったことがあった。私たち店側は多少うるさくされてもかまわないのだけれど、その場にいるお客さまがどう感じるかはわからないし、親のほうも申し訳ないと恐縮してしまう。結局、親は子どもを連れて早々と出ていってしまったっけ。力になれなくて申し訳ないことをしてしまったなぁと反省している。

「客層を明確に分離できればいいんだが、その点、シーフェニックスホテルは造りが中途半端だ」

「……どういう意味ですか？」

「たとえば、以前俺たちが食事をしたフレンチレストランがあっただろう。あの店は子どもも入店可能だ。だが、実際には家族連れが非常に少ない」

「そうですね……気後《きおく》れしてしまいそうです。子どもが粗相《そそう》をしては大変ですし」

首を捻る私に、一弥さんは頷いて応える。

「当初は子どもをターゲットにしていなかったからな。対応が付け焼刃なんだ。いっそファミリー層とそれ以外で、店舗なりスペースなり分けてしまえればいいんだが」

「なら、無理に子ども向けにしなくてもいいんじゃありませんか？」

「だが、現状維持ではダメなんだ。集客に繋がる対策を考えなければ。それに、君も言っていただろう？　家族で楽しめるような街にしたいと」

彼はちらりと私に視線をよこしたあと、再びフロントガラスの奥に目を向けて「もちろん、君だけの意見ではないが」と前置きした。

「実際に街を歩き、話を聞き、この街の商業の現状を踏まえてそれが一番いいと感じた。この街は若者向けに開拓するより、家族向けのほうが適しているだろう」

けれど、それが住民のためだと言うならば、これは一弥さんひとりが悩む問題ではなく、街の人たち全員の問題だ。もちろん、私も含めて。

「それなら、みなさんで作り上げていかなきゃなりませんね」

自分を奮い立たせるように言うと、彼は「ん？」と目を丸くした。

「さっきの温泉街、街全体が訪れた子どもたちを歓迎していましたよね。街の人たちひとりひとりの意識の中に、子どもたちを大切にしようという考え方があるんだと思うんです。ひとつの企業が頑張ってどうにかするようなことではないですよね」

温泉街の土産物屋さんは、子どもたちにかわいらしい組み飴《あめ》を配っていたし、射的やスマートボールの入った遊技場では、子どもたちが楽しそうに遊んでいた。

企業がレジャー施設をぽんとひとつ作ればいいというわけではない。住民がみな同じ方向を向いて、街を作り上げていく必要があるのではないか。

私の言葉を黙って聞いていた一弥さんだったけれど、なにか思うところがあったのか、突然「ははっ」と笑い出した。

「い、一弥さん⁉」

「すまない。俺は、ひとりで気負いすぎていたのかもしれない」

ハンドルを握りながら、妙に清々しい顔で彼は言う。

「もしかしたら、祖父はこの地を俺に託すことで教えたかったのかもしれない。ひとりよがりになるなと」

よくわからないけれど彼は納得したよう。以前よりも輝いた瞳で前を見据えている。

「自治体と連携した町おこし――持ちかけてみるか」

そんな決意を漏らしながら、車を走らせる。丘を越えると、道の先にはいつもの海が広がっていた。

第七章　遠距離求愛

旅行から一カ月が経ち、年の瀬がやってきた。翌週にはクリスマスが控えている。シーフェニックスホテルではクリスマスやお正月の限定プランがあるらしく、今年も予約で満室だと一弥さんが言っていた。

ホテルに泊まったお客さまがボナールにも来てくれることを見込んで、元日と二日は休業するものの、前後は通常営業。夏程とはいかないまでも、それなりに忙しくなるはずだ。

店内はリースやリボンでクリスマス仕様に飾り付けてある。入口には小さなツリーを置き、窓ガラスにはスノースプレーで雪の結晶《けっしょう》を描いた。各テーブルにもベルとリボンのオーナメントを置いた。

二十六日になった途端、これらをお正月飾りに変えなければならない。二十五日の夜はバタバタするだろう。

「花澄、お正月は一弥さんのお家《うち》に行くの？」

ふとカウンターでコーヒーを準備していた祖母がそんなことを尋ねてくる。

今のところ、ふたりの間でそんな話は出ていない。カウンターを水拭きしながら「行かないわよ」と答えた。

「クリスマスは？」

「平日なんだから、お互い仕事よ」

「でも、前回会ったのって旅行のときでしょう？　もう一カ月も前の話じゃない。恋人同士って、もっとこまめに会うものじゃないのかねぇ……」

そりゃあ会いたいけれど、と心の中でそっとつけ加える。でも、思っていることをごくりと呑み込み、ドライに答えた。

「簡単に会えるような距離じゃないもの」

それに、年末は一弥さんも仕事が忙しいと漏らしていた。先月、無理やり旅行の予定をねじ込んだせいもあると思う。本人はなにも言わないけれど、大企業の社長だ、きっとスケジュールを空けるのが大変だったに違いない。

「そうかしら」

祖母はわざとらしく首を傾げる。

「花澄がお願いしてくれるのを待っているんじゃないかしらねぇ。男の人からじゃ、言いにくいでしょう？」

芝居じみたひと言に、私はぴたりと手を止めた。

「そうかしら……」

「そうじゃないかしらねぇ」

困ったことに、初めての恋人、初めての婚約者。こういうとき、どうしたらいいのかわからない。

誘ったほうが親切なのかしら。誘わないほうが親切なのかしら。

ぼんやりと考えながら、気がつけば同じ箇所ばかり水拭きしていた。

「それで。二十四日のシフトはラストまで入ったほうがいいんですか？　入らなくていいんですか？」

ずっとふたりの会話を静観していた那智くんが、成り行きを先回りして尋ねてきた。

「ああ……えっと、大丈夫」

「もし予定が立ったら言ってください」

「あ、ありがとう……でも、本当に大丈夫だから」

社会人だもの、十九時まではちゃんと働こうと心に決める。それでも、一弥さんに電話をして、イブの夜の予定を聞いてみようかななんて考えてしまった。

その日の十九時。最後のお客さまが帰り食器の後片付けをしていると、ドアベルが鳴り響いた。私は慌てて振り向いて、閉店のお時間ですと声をかけようとする。

しかし、店に入ってきた女性の姿を見て言葉を呑み込んだ。

ボリュームのあるファーのコートに高級ブランドのクラッチバッグ。いかにもセレブといった様相のご婦人。ヒールの高いブーツがカツ、カツ、と甲高い足音を鳴らす。

サングラスを外すと、アイラインとシャドーをくっきりと引いた力強い目が覗いた。

「花澄さん。お久しぶりね」

「一弥さんのお母さま……！」

驚きの声を上げると、それを聞いたカウンターの中の祖母が飛び出してきた。

「まぁ！　よくお越しくださいました！　花澄の祖母です」

頭を下げる祖母に、義母も丁寧に腰を折り「一弥の母です」と挨拶する。

祖母は奥の部屋へ案内しようとするが、義母はここでいいと、手前にあるボックス席に腰を下ろした。

「今日は少しだけ、花澄さんにお話があってきたの。お付き合いしてくれるかしら？」

「……はい」

なんだろうと緊張しつつも、義母の正面の席に腰を下ろす。

「今コーヒーをご用意しますね」

祖母は慌ててカウンターの中に入っていくが――。

「いえ、すぐに帰りますのでおかまいなく」

義母は急いでいるのか、コートも脱がずに話し始めた。

「花澄さん。さっそくなのだけれど、一弥との結婚のこと、少し待ってほしいの」

「待つ……？」

「実は、一弥に縁談のお話があるの」

「え？」

ポカンとして言葉を失くす。

縁談――ということは、まさか、私以外に結婚を考えている女性がいるのだろうか。

突然の話にどう反応すればいいのかわからない。

「白虎観光ってご存知かしら？　私たち鳳城グループと同じように、ホテル業を営んでいる会社よ。そこのご令嬢と縁談の話があるの。これは一弥にとっても、鳳城グループにとっても、とても大事な話なの」

ごくりと息を呑む。白虎観光の名前はぼんやりと聞いたことがあった。業界に疎い私ですら知っているくらいだから、すごく有名な会社なのだろう。

そこのご令嬢と縁談――つまり政略結婚のようなもの？

この話を一弥さんは知っているのだろうか。

「一弥は今、恋に目がくらんでいるみたい。でも、あなたと一緒になれば、将来必ず後悔する日がやってくるわ。そうなったとき、不幸になるのは一弥だけじゃない、あなたもよ」

「私は……」

後悔すると明言されても、いまいちピンと来なかったのは、一弥さんとの未来を信じ切っていたからだろう。彼と一緒ならしあわせになれるという確信があった。

けれど、恋に目がくらんでいるわけではないと、どうやったらわかってもらえる？

そもそも、心なんて目に見えない。十年先の未来だって誰にもわからない。愛が冷めない保証もない。すべてが不確かで、証明なんて無理だ。

「これを」

義母はクラッチバッグの中から分厚い封筒を取り出した。テーブルの上に置いて、私の手元へ滑らせる。

「どうかあなたから、一弥が道を踏み外さないよう助言してやってくれないかしら」

中を確認すると――お札だった。見たこともない厚さの札束だ。封筒を持つ手が震え、愕然として目を見張った。

「これは……」

「あなたに受け取ってほしいの。迷惑料よ」

「う、受け取れません、お金なんて……！」

怖くなって慌てて突き返す。お金と引き換えに一弥さんとの関係をナシにしろということだろうか。つまりこれは……手切れ金？

「気にすることはないのよ。あなたは一弥のワガママに付き合わされた。慰謝料のようなものなんだから」

再び義母はお札入りの封筒をずいっとこちらによこしてくるけれど。

私は頑として受け取らず、首を横に振った。

たとえ一弥さんと別れることになろうとも、お金なんて受け取りたくない。受け取ってしまったら、ふたりの綺麗な思い出が汚れてしまう。

「あなたたちはまだ若いから、結婚に夢を見ているのかもしれないけれど……結婚はね、ただ好きな人と一緒にいるだけじゃだめなの。家と家とが結びつくことなの」

義母の厳しい目が私の心を揺さぶる。家柄なんて持たない私だからピンと来ないけれど、一弥さんにとっては――鳳城グループにとっては、結婚とは愛の延長線上にあるものではないのかもしれない。

「……だとしても、お金は受け取れません」

一弥さんとの関係をお金で清算したくない。

やがて義母はあきらめて、クラッチバッグに封筒をしまった。

「混乱させてしまったわね。少し落ち着いて考えたほうがいいわ。受け取る気になったら、ここに電話してちょうだい」

代わりに一枚のカードを取り出す。パッションピンクを使ったファッショナブルなデザインの名刺だ。聞いたことのない英語の会社名と、『代表取締役』という肩書きが載っていた。義母が経営しているアパレル企業の名刺だろう。

私が受け取ると、義母はそそくさと席を立つ。

「……そうそう。一弥から聞いたかしら。私は後妻なの。一弥の本当の母親は、幼い頃に離婚しているわ」

見上げれば、義母の鋭く冷たい眼差しがこちらを向いていた。背筋がぞくりと寒くなる。

「一弥は実母を捨てた父親を憎んでいる。自分はそうなるまいと思っているのだろうけれど――」

私に顔を寄せて、言い聞かせるようにゆっくりと言葉を続ける。

「一弥はまだ、愛情が年を追うごとに薄れていくことを知らない。あなたと結婚して五年、十年と経ったとき、一弥は絶望するかもしれないわね。結局は自分も父親と同じ道を辿ることになるんだって。かわいそうに」

脅すような言葉をかけられ硬直する。私と一弥さんが離婚する未来……その不吉な予言に恐怖を覚える。

「愛などに縋らず、利益のはっきりしている〝正しい結婚〟を選択すれば、そんな後悔など起こらない。そうは思わない？」

義母がニヤリと不敵な笑みを浮かべる。

〝正しい結婚〟とは、義母の言う縁談のことだろうか。結婚の根底にあるものが愛ではなく利益であれば、年月が過ぎたあとも、それは必要な選択だったとあきらめがつくかもしれない。

けれど、彼女自身は愛の伴う結婚ではなかったの？

「お義母さまは、正しい結婚をされたんですか？」

最後にひと言、反抗するように尋ねると、義母はにっこりと笑った。

「自己実現のために必要な結婚だったと思っているわ。彼の出資のおかげで起業することができたし、なに不自由ない生活を送れている。そういう契約だったし」

……つまり、そこに愛はなかったと言いたいのか。私は体がすっと冷えていく感覚に陥《おちい》った。

義母は満足げに答えたあと、ふっと表情を陰らせる。

「ただひとつ――『一弥のお母さんになってあげる』っていう契約だけは果たしてあげられなかったわね。だってあの子ったら全然懐かないんですもの、無効だわ」

鼻で笑いとばしたあと、カウンターにいる祖母に軽く会釈して店を出ていった。

祖母はコーヒーを準備しながらも話を聞いていたのだろう、ネルフィルターを手に固まっている。

店内が静まり返る。控えめな音量で流れているBGMが、やけに虚しく響き渡る。

私が混乱していると、祖母はひとり納得したようにつぶやいた。

「そういうことなら……仕方がないのかもしれないわね……」

「おばあちゃん……!?」

あれだけ結婚に賛成してくれていた祖母が、こんな一方的な説明であっさり納得するなんて。

祖父と添い遂げた祖母なら、愛情を肯定してくれると思ったのに……どうして？

「身分の違いっていうのは、どうしようもないことだからね」

自分が経験してきたことのように、感慨深くため息をこぼす。

「なにかあったの？」

「……おじいちゃんと出会う前、お付き合いしている男性がいたの。彼は大人で、私はまだ十八歳だった。だから、二十歳を過ぎたら結婚しようと約束していたのよ。けれど、ある日突然、彼が姿を見せなくなってそれっきり。風の噂で聞いたのだけど、どこかの良家のご令嬢と結婚して、婿養子になったそうよ」

使わなくなったコーヒーサーバーを片付けながら、祖母は淡々と語る。

「二年経てば彼に追いつける、そう思っていたのに。どんなに頑張っても、家柄は変えられないものね」

あっけらかんとした声で言い放つ。しかし、その言葉の奥に、深い悲しみが込められていることに気づいて、私は言葉を失った。

愛している人に置いていかれた挙句、別の女性と結婚したことを他人の口から聞かされる――どれだけつらい思いをしたことだろう。

「けれど、私にはおじいちゃんがいてくれたから。結婚してしあわせになれたわ。人には相応のしあわせのかたちがあるのよ」

くるりとこちらを向いて、にこりと笑う。そこにもう後悔などないように見えた。

……いや、たとえ悔やんでいたとしても、そうやって自分を納得させるしかないのかもしれない。そんな経緯で生まれてきた私が目の前にいるのだから。

「一弥さんと花澄があまりに違いすぎるなら、無理をすることなんてないわ。花澄にはもっと相応しい人がいるはずよ」

それだけ言い残し後片付けを済ませると、祖母はカウンターの奥の部屋へ引っ込んでいってしまった。

店に残された私は、ボックス席に腰を据えたままぼんやりと考える。

愛を貫くことは正しいのだろうか。私と一弥さんは想い合っているけれど、十年後、二十年後もそれが続くという保証はない。

ましてや、彼は財閥の跡取り息子。彼の結婚には、様々な人間の思惑が絡んでくる。

義母も言っていた。結婚は、家と家とが結びつくことだと。

彼は情に厚い人だから、それでも私と結婚したいって言ってくれるかもしれないけれど。

……私から身を引くべきなのだろうか。

そのとき、携帯端末の鳴動する音が聞こえた。カウンターの内側の邪魔にならないところに置いていたのだ。

ずっと鳴り続ける端末を取りに行くと、着信相手は――一弥さん。

ごくりと息を呑んで、通話ボタンをタップする。

「……もしもし」

『花澄？　一弥だ。もう仕事は終わっているか？』

私は「はい」と声を絞り出す。私の葛藤を知らぬ彼は、いつもの落ち着いたトーンで話し始めた。

『クリスマスのことなんだが。少しだけでも会えないかと思って。お互い仕事はあるが、夕食だけでも一緒にどうかと』

胸がズキンと痛くなる。クリスマスのことをちゃんと考えてくれていたのだ。私から連絡をするべきか迷っていたけれど、誘うよりも前に誘われてしまった。

……でも、その誘いに乗ってもいいのだろうか。私はもう、彼と一緒にいるべきじゃないかもしれないのに……。

なにも答えられず押し黙ると。

『……花澄？　どうかしたのか？』

不安げな彼の声が聞こえてきて、胸が張り裂けそうになる。

本当はうれしいって、私もそうしたいと思っていたのって、笑顔で答えたい。でも……きっと拒むべきなのだろう。彼のしあわせを考えるなら。

「一弥さん。あのね、私……」

『無理にとは言わない。忙しいようなら、別の日でも――』

「ううん、そうじゃないの。私……」

ぎゅっと強く唇をかみしめる。なかなか言葉を続けられない私に、一弥さんは『どうした？』と怪訝そうに尋ねてくる。

「……もう、一弥さんとは会いたくないの」

なんとか言葉を絞り出すと、しばらく受話口からなにも聞こえなくなった。沈黙を経て、あきらかに動揺した声が響いてくる。

『花澄？　どういうことだ？』

「ごめんなさい。もう連絡してこないで」

『俺はなにか、君の気に障るようなことをしたか？』

「違うの、そういうことじゃないんだけれど……」

彼に落ち度なんてない。むしろ、以前よりもずっと彼への想いは膨らんでいる。かといって、彼を拒む理由が『家柄』だなんて口には出せない。

「やっぱりあなたと、結婚はできません」

一方的にそう言い切って、受話口を耳から離す。

『花澄？　どういうことなんだ！　花澄!?』

聞こえない振りをして通話を切った。私の名を呼ぶ一弥さんの声が、残響となって耳に残る。

でも、きっとこれでいい。痛む胸を押さえて、必死に自分に言い聞かせた。

そのまま携帯端末の電源を切って、これ以上彼のことを考えないようにした。


翌朝、開店と同時に一弥さんがボナールに飛び込んできた。

お仕事は……と言いそうになって、今日が土曜日であることに気づく。

「少しだけ時間が取れないか。話がしたい」

思い詰めた表情で尋ねてくる彼。

事情を知らない那智くんは「しばらく俺とオーナーが店番していますから大丈夫ですよ」と気を遣ってくれた。

けれど、私は「ごめんなさい。忙しいので」ときっぱりと断って、朝一で来店してくれたお客さまのテーブルに向かう。

私の頑なな態度に、目を丸くする那智くん。

そこへ店の奥から出てきた祖母が、私に代わって一弥さんの応対をしてくれた。

「すみませんねぇ、花澄は、しばらく一弥さんとお話ししたくないみたいですよ」

私は奥の席で接客をこなしながらも、時折聞き耳を立てて様子を探る。

「話したくないって……あなた、花澄さんに嫌われるようなことでもしたんですか？」

むしろ那智くんのほうが不思議がり、一弥さんを責め立てている。

「……心当たりはない」

そう答えた一弥さんの声は思い詰めていて、さすがの那智くんもこれ以上問い詰めることができず、押し黙った。

「とにかく、今日のところはお引き取りください。花澄も、あなたがいると仕事に集中できませんから」

「少しだけでも話をさせてもらえませんか。彼女の口から理由を聞きたい」

「花澄がつらくなるだけですから」

祖母が穏やかな口調で、でもはっきりと拒絶の意思を伝える。

これ以上ここにいても無駄だと悟ったのか、一弥さんは「失礼しました」と店を出ていった。

オーダーを取り終えた私は、少しだけホッとした気持ちでカウンターに戻る。

「……喧嘩でもしたんですか？」

那智くんの質問に、私も祖母も答えることができない。

ヤキモキしたようで、那智くんはムッと不満そうな顔をする。

「別れたいなら別れたいって、明確な理由を告げてスッパリ縁を切ればいいじゃありませんか」

那智くんらしくて、思わず苦笑いを浮かべてしまった。

見かねた祖母が「こっちにおいで」と那智くんを奥の部屋に手招く。

私に代わって理由を説明してくれるのだろう。もしかしたら、いつまでも私の前でこの話題を引きずってほしくないと思ったのかもしれない。

ひとり店内に残った私は、黙々とお客さまのオーダーを捌いた。

＊＊＊

ただクリスマスの予定を聞きたかっただけなのだが。

花澄に電話をしたところ突然拒絶され、いても立ってもいられなくなった俺は、すぐさま彼女に会いに行こうと考えた。

しかし、すでに夜であることに気づき足を止める。夜中に押しかけては余計嫌われかねない。

とにかく冷静にと自分に言い聞かせ、せめて朝まで待とうと長い夜を耐えた。

時間を置いてもちっとも冷静にはなれなかったが、なんとか開店時間まで待って、花澄の働く喫茶ボナールを訪れた。

案の定追い返され、拒まれた理由すら聞かせてはもらえなかったわけだが。

俺は彼女を傷つけるようなことをしてしまっただろうか。まったく心当たりがなくて途方に暮れる。

彼女と最後に会ったのは旅行の日。あれから電話やメッセージのやり取りを交わしたが、特に変わった様子はなかった。

まさか、一カ月も会えなかったことに不満を抱えている……?

いや、彼女は不満があるならあるで、きちんと伝えてくれるはずだ。なにも言わずに拒絶するなど彼女らしくない。なにが彼女をそうさせているのか。

悶々と思い悩み、気がつけば喫茶店の外に佇《たたず》むこと十五分。いい加減帰らなければそれこそ不気味がられてしまうだろう。

仕方なく俺は車が止めてあるシーフェニックスホテルへ戻ろうとする。

と、そのとき。突然喫茶店のドアが開いた。中から出てきたのは従業員の青年。手には箒と塵取りを持っている。

彼は俺を見つけて「あ」と声を上げ、鬱陶しそうに眉をひそめた。

「まだいたんですか？」

「……すまない。少しぼーっとしてしまって。今帰ろうとしてた」

まいった顔で額に手を当てると、青年は憐れむような目をこちらに向けた。

「あなたにどこまで自覚があるのかわかりませんが……花澄さんのことはあきらめて、さっさと分相応な縁談でもなんでもしたらいいんですよ。恨むなら、自分の出自を恨むんですね」

縁談？　出自？　いったいどういうことだ。

言っていることはさっぱりわからないが、彼が事情を知っているのは確かなようだ。

俺はすかさず彼の両肩を摑んだ。

「頼む、教えてくれ。納得のいく理由なら、二度と彼女の前に姿を現さないと誓う」

俺の剣幕に驚いたのか、青年はぎょっとして仰け反る。

「納得もなにも。あなた、花澄さんと婚約した一方で、縁談も受けているそうじゃないですか。まぁ、あなたにとってどちらが本命なのかは知りませんけど、家と花澄さんを天秤《てんびん》にかけていることは事実でしょう」

縁談とは、まさか白虎観光の令嬢との縁談の話だろうか。

「確かに縁談の話はあったが、もうとっくに断ったはずだ……なぜ今さら、そんなことを彼女が知っているんだ……？」

「ご家族は断ったつもりではなかったようですね。あなたの母親が押しかけてきて、手切れ金をよこしたそうですよ」

「っ!?」

まさかと蒼白になる。義母が花澄と接触していたとは。

——いや、義母はそもそも花澄との婚約を快く思っていなかった。彼女がなにを企もうと不思議なことではないのに、そのことを知りながら、なんの対処もしなかった自分の落ち度だ。

義母は花澄になにを言ったのだろう。ふつふつと怒りが湧きあがる。

「言っておきますけど、花澄さんはお金なんか一切受け取ってませんからね。花澄さんもオーナーも人がいいからそっと身を引くつもりみたいですけど、俺は納得いきません。どれもこれも、あなたが不甲斐ないから起きたことじゃありませんか！」

花澄は自分のために身を引くつもりだったのだろうか。俺にはなにも言わず、金銭も受け取らず。

彼女らしいと思う反面、頼ってもらえなかったことをくやしく思う。

……いや。それもすべて俺のためなのだろう。彼女はそういう人だ。

「ありがとう。話してくれて……本当に感謝する」

青年に礼を告げると、俺は急ぎシーフェニックスホテルへと足を向ける。

「帰るんですか？」

「義母と話をつけてくる。花澄と話をするのは、それからだ」

それだけ伝えると、俺は車を取りに向かった。

その日の夜。実家へ戻るが義母は不在。今日も仕事を理由に家を空けているらしい。

彼女の秘書に電話を繋いでもらい、俺が直接職場に会いにいくと提案したら、彼女はあっさりと実家へ戻ってきた。

実際は仕事ではなかったのだろう、バレてはまずい場所に出かけていたのかもしれない。

顔を合わせてすぐさま花澄への無礼を咎《とが》めると、義母は逆上した。

「あんな田舎《いなか》娘と結婚したって、なんの利益にもならないじゃない！　財閥の長男としての自覚がないの!?」

彼女はなににおいても縁談を推し進めたいらしい、鳳城グループにとってメリットのある話だからと。

「逆にお尋ねしますが、あの結婚になんの利益が？　あなたはうちと白虎観光を合併でもさせようとしているのですか。白虎観光主催のレセプションにも頻繁に顔を出しているそうですね」

義母の顔色が変わる。隣で黙って聞いていた父も興味を引かれたのか、こちらにゆっくりと目を向けた。

「白虎観光の社長と親しくしているのは、あなたの会社の事業のためですか？　それともプライベートで？」

唯志さんからもらった調査資料によれば、義母は白虎観光の社長と不倫をしているのではないかということだった。

確固たる証拠はまだ掴めていないが、不倫の是非がどうあれ、義母の経営する会社が白虎観光から資金援助を受けているのは確かなようだ。

父だけでは飽《あ》き足らず、ライバル会社の社長にまで援助してもらうとは。節操がなくて呆れる。

最悪、こちらの情報が白虎観光に流れている可能性もある。その対価として資金を受けとっているのだとしたら——父としても放ってはおけないだろう。

「今さら、知った顔で鳳城グループの経営に口を挟まないでいただきたい。それから、私の結婚にも」

義母は押し黙り、激しく俺を睨む。

このやりとりに終止符を打ったのは父だった。普段は滅多《めった》に口を開かないはずの彼が、呆れたようにひと言、義母に告げたのだ。

「一弥の好きにさせなさい。君はグループの経営に口を出さなくていい」

学生時代は異常なまでのスパルタ教育で、卒業後は完全に放任を貫いてきた父。

どうやら今回ばかりは賛同してくれたらしい。

そのひと言で、義母もやっと自分の劣勢を悟ったらしく、口を噤んだ。


自宅に着く頃には、二十三時を回っていた。

こんな時間に電話をかけては迷惑だろう。だが、いても立ってもいられず、携帯端末に登録された彼女の名前をタップしてしまう。

夕べは電源を切られてしまい、なす術もなかったが、今夜は電源が入っていて、六コールめで留守電になった。

電話をとってはもらえなかったが、メッセージを入れることは許してもらえたようだ。なにを話そうか悩んで言葉に詰まる。自分の口下手を呪った。

「花澄。一弥だ」

名前を告げただけなのに、もう二の句が継げなくなる。

どう話せば彼女に伝わるのだろう。謝罪？　弁解？　事情の説明か？

そんなことをだらだらと話しても、切られておしまいだろう。

自分の伝えたいことだけを、シンプルに言うことにする。

「愛している……君と結婚したい。俺の手で、君をしあわせにしたい。君以外の女性と結婚するつもりはない。君でなければダメなんだ……」

たどたどしく自分の想いを伝える。他の誰でもない、花澄がいいのだと。

許されるなら毎日でもメッセージを送りたい。たとえ拒まれたとしても、彼女の顔を見に喫茶店へ向かいたい。

どうか一度だけでも、彼女と顔を合わせて対話がしたい。

祈るような気持ちで、俺は通話を終わらせた。

＊＊＊

『愛している……君と結婚したい――』

祈るような愛の言葉が、留守電から響いてきた。

感情表現の苦手な一弥さんが、必死になって愛を伝えようとしてくれている。

彼の焦燥に満ちた声を聞いていると、自分の決断が本当に正しかったのかわからなくなる。

メッセージは毎晩続いた。拙《つたな》いながらも、一生懸命気持ちを伝えてくれているのだとわかった。

『誤解させて悪かった。君以外の女性と結婚するつもりはない』

『義母が失礼なことを言って、本当にすまない。だが、俺の心は君にあることを知ってほしい』

『……寂しいなんて感じたのは、子どもの頃以来かもしれない。ずっとこの気持ちが続くのだと思うと……苦しくてたまらない』

ひとつメッセージを聞くたびに、心が削られていくようだ。私も寂しい。苦しくてたまらない。そう同意したいけれど、それすらも許されない。

一週間が経ちクリスマスイブを迎えた。店はそこそこ繁盛し、仕事を終えたあとは、祖母とささやかながらターキーとケーキでお祝いした。

どこか虚しい気持ちを抱えたまま携帯端末を確認すると、留守電が一件。

一弥さんだ。彼はどんなクリスマスを送ったのだろう。そんな話が聞けるのを期待して、自分の部屋のベッドに腰掛けながら端末を耳にあてる。

『花澄。メリークリスマス。本当は君と過ごしたかった。いつか君と過ごせる日がくるだろうか。いつか子どもの枕元に、プレゼントを置いてみたい。……少し飛躍しすぎだな』

彼が苦笑する。私も一緒になって苦笑して、気がつけば目にはじんわりと涙が浮かんでいた。

『どうしても君にプレゼントを渡したくて、店のドアノブにかけておいた。朝になったら見に行ってほしい。迷惑だったら、捨ててくれてもかまわないから』

私はハッとして立ち上がり、急いで店に向かう。

ドアのカギを開け外に出ると、ノブにかわいらしい赤い靴下がリボンで結び付けられていた。なにかが入っているらしく、膨らんでいる。

リボンを解いて靴下を手に取り、口ゴムを開いてみると、中から出てきたのはヘアアクセサリー。バレッタ形で花が三つ連なり、花の中央にはキラキラ光るダイヤがはめ込まれている。

「綺麗……」

思わずぽつりとつぶやいた瞬間、手に持っていた携帯端末が震えた。

このタイミングで一弥さんからの着信。

まさかと思い周囲を見回すと、案の定、道の反対側に車が止まっていた。その横に、コートに身を包んだ一弥さんが立っていて、端末を耳に当てている。

恐る恐る通話ボタンをタップすると。

『……少し、姑息《こそく》だっただろうか』

申し訳なさそうな彼の声が響いてきた。

久しぶりの彼との会話、冬の夜風を浴びて体は冷えているはずなのに、不思議と火照るように暖かい。

「……どうして、そんなに遠くにいるんですか?」

『君が怯えてしまわないように、距離を取ろうかと思って』

「怯えたりは……しませんが」

この距離がもどかしい。けれど、遠くてよかったかもしれない。今、彼が目の前にいたら、飛びついて甘えてしまいそうだから。

『どうしても、一度君と話がしたくて、来てしまった』

彼の感情を押し殺すような声から、並々ならぬ決意が伝わってくる。

「一弥さん……」

遠くて顔はよく見えないけれど、あの真摯な眼差しで私を見つめているに違いないと思った。

『縁談の話は、しっかりと断ってきた。義母は不満そうだが、父からは好きにしてかまわないと言われている。……あの父からそう言ってもらえたのは、少し意外だったけれど』

最後のひと言を困惑した声で漏らした彼は、ひとつ息をついて力強く続けた。

『できれば、花澄とちゃんと顔を見て話がしたい。この中途半端な関係にけじめをつけよう。もちろん、俺の気持ちは変わらない。全力で君を愛している。君も、もし俺に不満なところがあるなら、遠慮せずに全部話してもらいたい』

こくん、と息を呑み込む。誠実な彼らしい提案。

もちろん私自身も、このまま宙ぶらりんな関係を続けていくことが正しいとは思っていない。

『明日の夜八時。シーフェニックスホテルに来てくれないか。ふたりで食事をしたあのレストランで待っている』

なにも答えず、じっと黙って彼の提案に耳を傾ける。

クリスマスの夜、ともに過ごす時間をこんな形で迎えることになるなんて。

『引き留めてすまない。寒かっただろう、早く家の中に入ってくれ』

いつかの日のように、また私が寒くならないように気遣ってくれる。一弥さんは変わらず心配性だ。

『メリークリスマス。花澄』

「……メリークリスマス。一弥さん」

彼の姿をじっと目に焼きつけたあと、名残惜しさを振り払い背中を向ける。電話を切って店に入り、鍵を締めた。

結露した窓の水滴を、指先できゅっと拭き取って、こっそりと彼の様子をうかがう。彼はしばらくその場に佇んでいたが、やがて車に乗り込み走り去っていった。

少しだけでも話ができてよかった、そんな思いが胸の中に広がる。

縁談は断ってくれたと言っていた。義父は私たちの結婚を納得してくれているとも。

本当にそれでいいのだろうか。その決断が、一弥さんの未来を台無しにするかもしれないのに？　縁談の相手を選ぶほうが、将来的に正しい決断だったとしても？

それでも、彼が私を選んでくれるというのなら。

私は彼の気持ちに応えたい。

ちゃんと会って、確かめなくちゃ。

もらったヘアアクセサリーをぎゅっと抱きしめて、心を決めた。

第八章　彼の腕の中にいられるだけで

「メリークリスマス、花澄ちゃん。いい夜を」

「メリークリスマス。遠藤《えんどう》さんも、ご家族と楽しんでくださいね」

常連さんを見送って、今日、最後の接客を終えた。十八時五十分、少し早いが閉店準備を始めてしまおう。

役目を終えたクリスマスツリーを片付けようと収納用の箱を広げていると、祖母が奥の部屋から顔を覗かせた。

「花澄。これからお出掛けするんでしょう？　あとはやっておくから、準備したら？」

「大丈夫、もう少し時間があるから」

せめてこの重たいクリスマスツリーを片付けたい。それから、天井に吊り下げたリースやリボンも。腰の悪い祖母を脚立に乗せるわけにはいかない。

しかし、今度は別のところから非難の声が上がった。

「なんのために俺がいると思ってるんですか。早く行ってください」

カウンターの奥で片付けをしながら不満を漏らしたのは那智くんだ。

結局、那智くんには十七時までだったシフトを延長してもらっている。クリスマスグッズの後片付けを手伝ってもらえるよう急遽お願いしたのだ。

「ごめんね、こんな日に残業をお願いして……」

「特に予定もありませんでしたし、かまいませんよ」

とはいえ、よりにもよってクリスマスだ。私と一緒に、祖母も謝ってくれる。

「本当は約束、あったんじゃないの？　那智くんは男前だし、頭もいいし、大学でもモテるでしょう？」

「誘いがなかったとは言いませんけど。どちらにせよ、受けるつもりもなかったので。失恋直後ですから」

祖母はなるほどといった感じで頷く。私は失恋だなんて初耳だったので、しまったと口元を押さえた。申し訳ないことを言わせてしまった……。

「ってことで、行くならさっさと行ってきてください。ほら、女性はメイクとかヘアセットとか、いろいろ時間がかかるんでしょう？」

「ありがとう……。那智くんがつらいときに、ごめんね……」

私はふたりの気遣いに甘えることにした。自室でメイクを直し、服を着替え、髪を下ろしてハーフアップに結び直す。彼からもらったバレッタで結び目を固定した。

クラッチバッグを肩から下げ、店に顔を出すと、祖母が「かわいいわよ」と褒めてくれた。

「ありがとう。でもおばあちゃん、私、デートに行くわけじゃないのよ？」

「それでも、男性と会うことには変わりないでしょう？　かわいいところを見せたいじゃない」

デートではなく話し合い。別れるにしろ、このまま関係を続けていくにしろ、きちんとけじめをつけなくてはいけない、祖母にはそう説明してある。

それでも、一弥さんがくれたバレッタを見て、祖母は復縁を確信したみたいだ。朗らかに行ってらっしゃいと言ってくれる。

「行ってきます」

ふたりに声をかけて店を出た。目指すは彼の待つシーフェニックスホテル。歩いて十分とかからない距離にある。

歩き出そうとしたところで、ふと店の前にメニューボードが出しっぱなしになっていることに気がついた。那智くんは閉店作業に慣れていないから、しまい忘れているのかもしれない。

これだけ片付けてから行こうと、ボードに手をかけたとき。

「今日も仕事なの？　そんなにかわいい格好で」

プッ、というクラクションとともに声をかけられ、私は驚いて振り向いた。

見れば路肩にグレーの自家用車が止まっていて、後部座席から二十代くらいの柄の悪そうな男が身を乗り出している。

その男の金髪を見てすぐに思い出した。以前絡んできた酔っ払い――一弥さんを瓶で殴ろうとして捻り上げられ、撃退された男だ。

「今日こそ一緒に遊ぼうよ。俺たちとドライブしようぜ」

男が車から降りてくる。同時に運転席からも男が降りてきた。茶髪の彼もおそらく、あの日一緒にいた酔っ払いだろう、見覚えがある。

慌てて店に逃げ込もうとしたけれど、すかさず腕を掴まれ、身動きが取れなくなった。男たちは私を取り囲み、不気味な笑みを浮かべている。

「今日はあの男、来てくれないんだ？　残念、いろいろとお礼したかったんだけど」

「そんなに怯えなくても大丈夫だよ、とびきり楽しいところに案内してあげるからさ」

男ふたりに手を引かれ車へと引きずられていく。

今日の彼らは酔っ払っていない。あの日のように衝動的に私を連れていこうとしているわけではなく、計画的に私を攫《さら》おうとしているようだ。

本格的に身の危険を感じ、悲鳴を上げるなら今しかないと口を開いたとき。

「や――んむぅっ」

声を上げようとした瞬間、口を塞がれ、うしろから羽交い絞めにされた。茶髪の男が後部座席のドアを開け、もうひとりが私の体を押し込んで、出口を塞ぐかたちで乗り込む。

「離して！」

叫ぶことができたのは、車のドアが閉まったあとだった。

隣に座った金髪の男が、デニムのポケットから折り畳み式のナイフを取り出し、私の首筋に突きつける。その刃の鈍い輝きにぞっと背筋が凍り、なにも言えなくなった。

「大人しくしてくれたら、痛いことはしないって」

いやらしい笑みを浮かべて男が言う。遅れて茶髪の男が運転席に乗り込み、車のエンジンをかけた。

と、そこで助手席にも誰かいることに気づき、眉をひそめる。

女性だった。大きなサングラスとマスクは、まるで顔を隠しているかのよう。

くるくると巻いた黒髪に、少し派手めなファーのコート。ネックレスやリングをたくさんつけている。

顔は全然わからないけれど、手や首の肌質を見る限り若そうだ。

「蘭子さん、この女でいいんですよね」

金髪の男が女性に確認をとる。蘭子と呼ばれた女性は、激しく苛立《いらだ》った様子で「この男、バカなの!?」と運転席の男のほうにクレームを投げた。

「バカ、名前を呼ぶなって……」

運転席の男が補足する。どうやら助手席の女性は、私が聞いているにもかかわらず、うっかり名前を出されたことに怒りを覚えたようだ。

金髪の男は「あっ……すんませんっした……」とバツが悪そうに縮こまる。てっきり、男たちふたりに逆恨みされたのかと思ったけれど、攫えと指示を出したのはこちらの女性らしい。

たぶん会ったことのない人だと思うけれど……なぜ私を狙ったのだろう?

女性はキョロキョロと車の外を見回しており、なにかを警戒しているようだった。

「ねぇ。あの車、ずっとついてきているんじゃない?」

「やだなぁ姉さん、気にしすぎですよ」

運転席の男が雑にハンドルを切って左折する。すると、うしろの車は左折せず直進し、すぐさま見えなくなった。

「ほら。違ったじゃありませんか」

「あんたたちが派手な攪い方するからでしょ！　見られていたらどうするのよ！　念のため回り道してちょうだい」

「神経質すぎですって。周りに車なんてなかったし、誰も歩いてもいませんでしたよ。監視カメラだってないことを確認したし」

運転席の男は笑い飛ばすも、サングラス越しにギロリと睨まれ「……まぁ、かまいませんけど」とおずおずともう一度左折した。進行方向とは逆向きに走り始める。

「そんなに怖いなら、俺らに任せてついてこなければいいのに」

金髪の男が苦笑すると、女性は「うるさいわね」と言って私のほうに顔を向けた。顎を上げ、威圧的に私を見下ろす。

「ひと目見てやりたかったのよ。あの御曹司《おんぞうし》を垂らし込んだ女の顔を。けれど、とんだ期待外れだったわ。まさかこんな野暮ったい田舎娘だなんて」

御曹司と聞いて思いつく人物は、ひとりしかいない。

もしかして、この女性は、一弥さんの知り合いだろうか。

金髪の男が「そうっすか？　俺は綺麗だと思いますけど」と口を挟むが、再び女性に睨まれて口を噤んだ。

車は尾行を警戒しているのか、意味もなく同じ道をぐるぐると回っている。

……どこへ行こうとしていたんだろう……。

彼らの目的がわからない。なにをされるのかも。

首元に突きつけられたナイフを見る限り、穏便に済まないことは確かだ。

沈黙に飽きたのか、金髪の男がぽつりとつぶやく。

「興味があるからって、姉さんみたいなご身分の人が、自ら犯罪に加担するなんて。お屋敷で大人しく待ってればよかったんじゃないんすか？」

『犯罪』という単語を聞いて、私の肩がぴくりと揺れた。誘拐された時点で充分犯罪だけれど、このあと私を待ち受けているのは、きっとさらなる苦痛だろう。気を抜くと恐ろしさにガタガタ震え出してしまいそうだ。

女性は言い方が癇《かん》に障ったらしく「うるさいわよ」と文句を言う。

男がチッと小さく舌打ちした。女性に強くは言えない立場のようだけれど、じわじわと苛立ちを募らせているのが見てとれる。

このまま機嫌を損なえば、逆上した彼にナイフで切りつけられる可能性もあるのでは……。

なにしろ、一弥さんをガラス瓶で殴ろうとした人だ。感情的で、人を傷つけることになんの抵抗も感じていない。

三十分程度走っていただろうか。運転席の男が「そろそろ戻ります」と道を変えた。まるで死刑を宣告されたような気分だった。この先、無事に解放してもらえるのかもわからない。

今頃一弥さんは、ホテルで私のことを待っているだろう。

……ごめんなさい。一弥さんのもとへは、行けないかもしれません……。

心の中で彼に謝罪する。自分の身が——下手をしたら命が危ういというのに、一番の心残りは約束通り彼のもとへ行けないことだった。

女性がこちらに振り向き、勝ち誇ったような声で言う。

「二度と彼に手を出せないようにしてやるわ。分不相応なことをすると痛い目を見るって、教えてあげる」

彼女は、一弥さんと私を引き離したいのだろうか。まるで妬《ねた》んでいるようにも聞こえる。

「そうねぇ……彼の前から姿を消すって誓ってくれるなら、車を下ろしてあげなくもないけど」

試すように私を見下ろし、こちらの反応をうかがってくる。

たぶん、嘘だろう。声の調子から考えて、私をからかって遊んでいるだけ。私を解放する気なんかない。

いずれにせよ、私は男性ふたりの顔を見てしまっているし、女性の名前も聞いてしまった。ただで帰してもらえるとは思えない。

それに、たとえその言葉が真実だったとしても――。

「……そんなことをあなたに指示されたくありません」

一弥さんから拒まれたなら、あるいは、話し合いの末に別れを選ぶなら、いつだって彼の前から姿を消してもいいと思っている。

けれど、この女性に私たちの未来を決められたくない。

彼との出会いは、私にとって大切な宝物。こんな人にめちゃくちゃにされて終わるなんて絶対に嫌だ。

震えを押し殺しなんとか反論すると、私の強気な答えが気に食わなかったのか、女性は眉間に深い皺を刻んだ。

「生意気な女。やっぱり最っ高に気に食わないわ」

そう吐き捨てて、「さっさと車を走らせて」と運転手に命令する。運転手は「はいはいわかってますよ」と雑に相槌を打ちつつも速度を上げた。

やがて車が海沿いの道路に差しかかる。一弥さんにこの街を案内するときに使った道だ。この先にあるものといえば――。

「ナイトクラブ……?」

私のつぶやきに金髪の男が「ご名答～」と反応する。

以前、一弥さんにナイトクラブは危険だと言われた。今後、一切近づくなと――彼の忠告が頭をよぎり、さっと青ざめる。

「VIPルームに案内するよ。そこで俺らと少し遊ぼうか」

金髪の男が浮かべる薄気味の悪い笑みに、びくりと体が震えあがる。

届かないとは知りつつも、一弥さん、助けて！　祈るようにそう心の中で叫んだ。

そのとき。

「ちょっと待ってくれ。様子がおかしい」

ナイトクラブの建物が見えるところまで車を走らせたとき、運転席の男が異変に気づいた。

手前にある駐車場に多くの車が止まっている。客がたくさん来ているのかと思いきや、駐車の仕方が異様だった。きちんと並んではおらず、まるで建物を取り囲むように斜めに止まっている。

しかも、黒やグレーなど地味な色のセダンやワゴンばかり、とてもクラブを訪れるような人が乗る車とは思えない。

それどころか、よく見ればパトカーまで止まっているではないか。

やっとなにかが起きているのだと理解し、女性は「もと来た道に戻りなさい！」と大声で指示を出す。

車をUターンさせようと速度を落とすと、背後から近づいてきた二台の黒いセダンが、逃げ道を塞ぐように車道の真ん中で止まった。

さらに、待機していたパトカーが赤色灯を点灯させて正面から近づいてくる。

「冗談じゃないわ！　なんなのよこれ！」

「いざとなったら、この女を人質に取って――」

「バカ、そんなんで逃げられるわけないだろ！　お前、ナイフ隠せ！」

車内で揉めている間に、セダンとパトカーから続々と人が降りてきた。車はあっという間にスーツ姿の男たち、そして警察官に取り囲まれ、動かせなくなる。

混乱の最中、警察官のうしろによく知る男性の姿を見つけ、私は前方に身を乗り出して叫んだ。

「一弥さん!!」

声は届かなかっただろうけれど、一弥さんも車内に私の姿を見つけてくれたようだ、ハッと目を見開く。

花澄、と唇が大きく動いて、私の名を呼んでくれたのがわかった。

「……っ！　あの男……！」

金髪の男も一弥さんの姿に気がついたようだ。過去に一度、一弥さんに捻り上げられている彼は憎々しげに睨み、ポケットから再び折り畳み式のナイフを取り出した。

こちらに駆け寄ろうとした一弥さんだったが、光る刃が私に向いているのが見えたのか、ぎくりと身を強張らせ足を止める。

その様子に、運転席と助手席のふたりが慌てて声を上げる。

「バカ、やめろ！」

「そんなことしたら、完全に犯罪者扱いされちゃうじゃない！」

刃物なんて出していたら、言い逃れのしようもない。思いとどまらせるように叫ぶふたり。

……逃げ出すなら、三人が言い争っている今がチャンスかもしれない……！

彼らの意識が警官たちに向いていることを確認すると、私は隙をついてドアのロックを解錠し、思い切って外へ飛び出した。

「あ！　おい！」

男の腕をすり抜けて地面に転がり落ちる。と同時に、警察官の制止を振り切った一弥さんが、私のもとへ駆け寄ってきた。

「花澄！」

「一弥さん！」

一弥さんが私を懐に抱き込み、自身の身を盾にする。

その無防備な背中を見て、金髪の男は復讐のチャンスと踏んだのか、車を飛び出してきてナイフを振りかざした。

背中にナイフを突き立てようとしているのが、一弥さんの肩越しに見え、私は血の気が引く。

「やめて！」

私が叫ぶと同時に、一弥さんは振り返り、男に足払いを食らわせた。

バランスを崩した男の腕を掴みナイフをはたき落とすと、あの日と同じように地面に組み伏せた。

警察官が走り寄ってきて、男をさらに羽交い絞めにし、同時に車も包囲する。

「花澄、無事か！」

アスファルトの上にへたり込む私を、一弥さんが強く抱きしめてくれる。彼の温もりに包まれた瞬間、やっと緊張が解け、同時に恐怖を実感した。

自分がどれほど危険な状況に置かれていたのか、そして、彼がどれだけ危険に身を晒して私のもとに飛び込んできてくれたのか――冷静に考えれば考えるほど恐ろしくなってくる。

「っ、一弥さん……！」

今さら涙が滲んだ。今この瞬間、彼の腕の中にいられる喜びと、彼が無事でよかったという安堵で。

「大丈夫か!?　怪我は!?」

私が泣きだしてしまったことに驚いたのか、普段は表情の乏しい一弥さんが、焦った様子で私の全身を確かめている。

「……大丈夫、です」

助けにきてくれるだなんて思わなかった。

私が車に連れ込まれたことなど、到底知らないだろうと。もう二度と会えないかもしれないとまで考えた。けれど――。

「会えてよかった……」

クリスマスの夜。こうして彼の腕の中にいられる、それだけで充分しあわせだと感じられた。

私を攫った三人は、警察に連行された。

助手席に座っていた女性は、やはり一弥さんの知り合いだったようだ。警察官にサングラスとマスクを取るよう指示され、あらわになった素顔を見て、一弥さんはあきらかに表情を歪めていた。女性のほうも、気まずそうに顔を伏せたまま、パトカーに乗せられていった。

次いで、ナイトクラブから続々と人が出てきた。客らしき人、従業員らしき人、そして、多くの人に囲まれ厳重な警戒のもと連れ出される人。

一弥さんはスーツの男性たちに視線を向ける。

「彼らは、厚生労働省の麻薬取締官だ」

物々しい響きにぎょっとする。麻薬取締官に連行されていく人々——つまり彼らは、麻薬の使用、あるいは所持をしていたということだろうか。

「君とここを訪れたとき、クラブ内でクスリらしきものの受け渡しが行われているのを見た。すぐに知人の伝手を辿って、彼らに連絡を取り情報を提供したんだ」

彼とともにクラブを訪れたあの日、なにかを見つけた一弥さんは『見るな』と言って私の視界を奪った。『知らないほうが君のためだ』とも。

あれこそがきっと、麻薬密売の瞬間だったのだろう。

やっと彼の言葉の真相がわかってスッキリしたものの、なんて危険な場所にいたのだろうと血の気が引いた。

「俺が目撃したのは、個人客を相手にした小規模取引だったが、内部ではもっと大規模な密売が行われていたようだ。おそらく、クラブの経営者もグルだろう。この近辺は富裕層も多いからな、新たな市場を開拓するには都合がよかったのかもしれない。柄の悪い若者が増えたというのも頷ける」

一弥さんの話を聞いてぞっとした。自分の街でそんな犯罪が横行していただなんて。

しかも、あのまま攫われていたなら、危険な場所の真っ只中へ連れていかれるところだったんだ。一体なにをされていたか――想像して背筋がひやりと寒くなる。

「囮《おとり》捜査を進めながら、踏み込む機会をうかがっていた矢先、君が攫われた。迅速に対応してもらえて助かったよ」

「でも、どうして私が車に乗せられているってわかったんですか？」

「ボナールの従業員の青年が連絡をくれたんだ。看板を下げに店の外へ出たら、君が知らない男たちに羽交い絞めにされて車に連れ込まれたと。車のナンバーを覚えていてくれたから助かったよ。マークしていた車と一致して、すぐに動けたそうだ」

あの助手席の女性が尾行されていると感じたのは、気のせいではなかったようだ。

私たちが周辺を警戒しながら車をぐるぐると走らせているうちに、捜査員たちはナイトクラブに急行し突入体制を整えたのだろう。

「急なことだったし、誘拐事件にまで発展してしまったから、地元の警察にも協力を要請したようだ。ずいぶんと大がかりな逮捕劇になってしまったな……」

一弥さんがパトカーを見つめて苦い顔をする。その目線の先には、私を攫うよう指示した女性の姿があった。

「一弥さん、あの女性とは、お知り合いだったんですか？」

「……見合い相手だ」

「え……！」

まさか彼女が、一弥さんのお母さまが言っていた白虎観光のご令嬢なのだろうか？

いくら一弥さんと親しい関係にあった私が疎ましかったとはいえ、そんな良家の女性が、どうして柄の悪い人たちとつるんで誘拐など企んだのだろう。

「このクラブを経営しているのは、白虎観光の会長の孫、つまり、あの女性の従兄にあたる人物だ。ふたりで違法な儲け話に手を出していたのかもしれないな。彼女がこの土地の開拓に妙に積極的だったのは、こういうことだったのか……」

事の真相を語り、沈痛な面持ちを浮かべる。やがて呆れたように息をついた。

「こんな事件を起こしたんだ、さすがに義母も白虎観光から手を引くだろう」

つまり、縁談の話が白紙に戻るということだろうか。

じゃあ、私たちは堂々と結婚できるの？

つい浮かれそうになって、慌てて唇を引き締める。縁談の話がなくなったとはいえ、私と一弥さんの身分の差が埋まったわけではないのだ。彼ほどの人なら、すぐに次の良縁を紹介されるだろう。

私たちが駐車場の端で話をしていると、スーツ姿の男性が近づいてきた。

「鳳城さん。重ね重ね情報を提供いただきありがとうございました」

男性が一弥さんに向かって深々と頭を下げる。彼が一弥さんの知人の伝手——情報を提供したという麻薬取締官だろうか。

「いえ、こちらこそ。彼女の無事を優先していただきありがとうございました。それから、この街の代表としてお礼を言わせてください。早期に解決してくださり、感謝いたします」

一弥さんが私の肩を抱いて頭を下げる。男性はまだバタバタとしている周辺を見回し、腰に手を当てた。

「ホテルのオーナーとしては、街にあんな輩がいては商売あがったりでしょう」

「いえ、そうではなく」

一弥さんがかぶりを振る。男性に真摯な眼差しを向けた。

「この街の一員として、素直にうれしく感じています」

「……鳳城グループのトップは市民思いなのですね」

男性が緩く笑みをたたえる。細まった目を、今度は私に向けた。

「そちらの女性が怪我をしているとうかがいました。あちらの救急車をご利用いただいてかまいませんので、念のため病院で手当てと検査をしてください」

男性の言葉に私は驚く。怪我って、もしかして手のひらと膝の擦り傷のことだろうか。車から飛び降りたときにできたもので、少しだけ血が滲んでいる。

「いえ、大丈夫です！　ただの擦り傷ですし、頭をぶつけたわけでもありませんから！」

恐縮する私に、一弥さんが口添えしてくれる。

「……彼女は、うちのホテルの医務室で預かります。聴取もあるのでしょうけれど、明日まで勘弁してもらえますか？」

「鳳城さんがそうおっしゃるなら、詳しい聴取は明日にします。今は簡単なお話だけうかがってもよろしいですか」

そう言って男性が私に尋ねたのは、シンプルな質問だった。

車に乗ったのは自分の意思だったか、あるいは脅されたのか。彼らから暴力的な行為を受けたか、クスリを使用していると考えられるような異常行動はあったかなど、今後犯人たちを取り調べるにあたっての要点を確認したかったのだろう。

すべて素直に答えると、男性は「ありがとうございました」と一礼し、私に名刺だけ渡して去っていった。

「花澄。本当に怪我は大丈夫なのか？」

一弥さんが心配そうに覗き込んでくる。

「大丈夫ですよ。今お話しした通り、なにもされませんでしたから」

とはいえ、首元にナイフを突きつけられたと説明したときの彼の表情といったら、般若《はんにゃ》か阿修羅《あしゅら》のようだったけれど。

「なら、ホテルへ行こう。かすり傷とはいえ、消毒はしなければ」

一弥さんは私の肩を抱き、脇に止めてあった彼の車へと案内する。車に乗り込み、エンジンをかけ、ふいに彼が切り出した。

「今夜、一緒にいられるか？」

彼の言葉に胸が騒ぎ出す。

あんなことがあった直後だ、許されるなら一緒にいたい。もちろん、朝には店に戻らなければならないけれど、一分、一秒でも長く彼といたい。

少し悩んだあと、「はい」と答えた。久方ぶりの彼との一夜に鼓動が高鳴る。

シーフェニックスホテルに到着し、電話で祖母と那智くんに無事を伝えたあと、医務室へ。傷口を消毒し、保護用のパッドを貼ってもらった。

手当てが終わったあと、このホテルで一番豪華なスイートルームに通された。最上階にあって、一般客は予約すら取れない部屋だそうだ。

先月、一弥さんと泊まったリゾート温泉旅館とはまた違った趣の部屋だ。

完全なる洋室で、広々としたリビングのほかにプレイルームとダイニングキッチンがあり、寝室はふたつ。いずれも重厚な調度品を備えており、クラシカルな雰囲気はうちの喫茶店と通じるものがある。そして、窓の外には見事なオーシャンビュー。

「すごく素敵なお部屋ですね。私にはもったいないくらい……」

「そんなことはない。花澄のためにに用意した部屋だ」

一弥さんは私の手を取って、広い客室を案内してくれる。これこそまさに貴族かお姫さまにでもなったかのようで、心が弾んだ。

今は建てられたばかりでどこもかしこもキラキラしているが、十年、二十年と経つと、ボナールのような味わいが出てくるかもしれない。

「このホテルに滞在した客が、なぜ君の店を訪れるか、わかるだろう」

「ええ。なんだか雰囲気が似ていますね」

「だからこそ俺は、あの喫茶店にはずっと経営してもらいたいと思っていたんだ。もちろん、花澄の祖母の体調の件は仕方のないことだが」

少しだけ名残惜しそうに彼は言う。それでも、私と祖母が大切に守ってきたボナールに価値があると言ってもらえたようでうれしかった。

到着に合わせてリビングのテーブルに軽食が並ぶ。軽食といっても、充分手の込んだ豪勢な料理だ。

焼きたてのスコーンに、チーズとチキンをサンドしたクロワッサン、ミニサイズのケーキやタルト、それからクリスマスのターキーやビーフシチューも。まるでビュッフェパーティーに来たようだ。

あんなことがあった直後で食欲も湧かず、ディナーのコース料理はキャンセルしてしまったけれど、その代わりに一弥さんがルームサービスを頼んでくれたのだ。

「少しでも食べておいたほうがいい。そのほうが気持ちも落ち着くだろう」

「ありがとうございます。いただきます」

少しずつお食事を口に運ぶ。見た目も味もとても華やかで、昂っていた体が少しずつリラックスしていく。

「おいしい……」

私が頬を緩めるとともに、彼も安堵したようだ。あらたまって私に向き合う。

「すまない。君に、あんなことを言わせてしまって」

突然謝り出した彼に、私は「え？」と困惑する。

「君は、身を引いてくれたんだろう、俺のために。もっとしっかりと伝えておくべきだった。俺は君以外と結婚なんて考えられないと」

相変わらず、こちらが戸惑ってしまうほど真っ直ぐで誠実な目をしている。その漆黒の瞳に、迷いなんて一ミリも見えなかった。

「……本当に、私でいいんですか？」

「当然だ。生半可な気持ちでプロポーズしたわけじゃない」

「ご家族から反対されても？」

「結婚は俺自身が決めることだ。親に与えられてするものじゃないだろう」

力強く言い放たれ、これ以上問いただすこともできなくなってしまう。

きっと何度聞いたとしても「君がいい」と答えるだろう。彼は信念を曲げない人だ。

「それに、もう誰も反対はしないさ。父は納得してくれているし、義母は今回の件で懲《こ》りただろう。妹が大賛成なのは、花澄も知っているよな？」

「でも……」

「それとも、俺では君に相応しくない？」

「と、とんでもない……！」

「なら。今度こそプロポーズを受けてほしい。必ずしあわせにすると誓うから」

そう言って席を立つと、私の横に片膝をついて跪《ひざまず》いた。いつの間にか、彼の手には小箱が握られている。その中身を私へ差し出すようにして、箱を開ける。

中には、大きなダイヤのリングが入っていた。それがエンゲージリングであると気がついて、私はハッと息を呑む。

「結婚してくれ。俺の人生を君に捧げたい」

とんでもなく重たいプロポーズの言葉――けれど、彼は紛《まぎ》れもなく本気だ。表情を見れば、その決意がどれだけのものか察することができる。

ならば私も同じだけの決意で応えなければならない。

すべてを彼に捧げることができるか、そう自分自身に問いかけて心を決める。

「……わかりました」

彼の熱い瞳に挑むように、私もチェアから降り両膝をつく。

「一弥さんに、素敵な家庭を作ってあげられるよう、精一杯努力します」

突然かしずいた私に呆然とする彼だったが、困ったように目元を緩ませ、私を抱き上げチェアに座らせた。

「……そうか。こういうところは、俺の悪い癖だな」

「え？」

「自分がしあわせにしてやろうなどと、驕《おご》った考え方をしてしまう。結婚はそうではないんだな。ふたりでともに歩んでいく、そんな気持ちでなければならないのに」

慈愛に満ちた笑みを浮かべ、ダイヤのリングを台座から抜き取った。

いつもは強く凛々しい彼だけれど、今は優しく甘い表情。同じ目線に立って私のことを覗き込む。

「花澄。一緒にしあわせな家庭を作ってくれるか？　俺を支えてほしい」

そう尋ねてくれた彼は、財閥のご令息だとか、大企業のトップだとか、そういう肩書きを取っ払ったありのままの彼である気がした。

私と彼は、身分が違う。恋愛などと言いながら、私は見初められ拾われたのだと、心のどこかでそんなふうに思っていた。

けれど、違うのだ。

結婚とは、ともに歩いていくもの。身分など関係なく対等であるのだと、彼の言葉でやっと気づかされた。

引け目を感じる必要などない。堂々と彼の隣を歩けばよいのだ。彼もそれを望んでいる。私は、彼のパートナーになるのだから。

「……はい」

しっかりとした意志を持って答えると、彼は私の左手をすくった。その薬指に、ダイヤのリングを滑らせる。

「約束だ。俺たちは夫婦になる。誰がなんと言おうと、俺の妻でいてくれ」

「わかりました。もう、身を引こうなんて身勝手なこと、考えたりしません」

たとえ誰かに拒まれたとしても、意思をはっきりと伝えたいと思う。

私は彼と一緒になりたいのだと。彼をしあわせにできるのは、私なのだと。

「俺も、全力で君をしあわせにするし、守るから」

彼は私の左手の薬指にそっと口づけを落とし、愛を誓ってくれた。

その日の夜遅く。彼はベッドの中で私のナイトウェアに手をかけながら、ふと思うことがあったらしく動きを止めた。

「怪我は大丈夫か？　あんなことがあったあとで、怖くはない？」

相変わらず心配性な彼に思わずクスクスと笑ってしまう。

「怪我は擦り傷ですから。大丈夫ですよ。あんなことがあったからこそ、一弥さんと一緒にいれば――ひとつになれば、落ち着くかなって……」

彼と肌を重ねることに緊張しながらも、促すようなことを言ってしまったのは、早く彼の特別であると実感したかったから。独占欲のようなものなのかもしれない。

別れるしかないと思っていた彼が、今、目の前にいてくれる。私の体を求めてくれている。

それがうれしくて、誇らしくて、こんなしあわせを逃《のが》したくないと、その身に縋りつきたくなってしまった。

「君は落ち着くのか。俺はすごく緊張しているよ。君を抱くときはいつもそうだ。少し力を加えたら、壊れてしまいそうで」

「そんな簡単には壊れないから安心してください。……あ、でも、壊れちゃう！　って思ったことは、何度かあったかも」

「そうなのか……？」

彼は真剣に動揺する。冗談のつもりで言った私は、ふふっと悪戯っぽく笑った。

「……気持ちがよすぎて、壊れそうでした」

「……なんだ。そういう意味か」

彼は安堵したようで、ほっと息をつく。けれど、すかさず表情を引き締めて、艶やかな目で私を見つめた。

「なら、今夜も君を壊してしまおう。何度でも」

ささやくような声に頬がボッと熱を帯びる。

何度も抱かれたりなんてしたら、本当に壊れてしまいそうだ。前回だって、翌朝、脚がガクガクしていたんだから。ヒヤヒヤしながら彼を覗き込むと。

「それから……さっそく君を妊娠させてしまいたいなんて言ったら、早計か？」

苦笑しながら、彼は私の首筋にキスを落とす。

「結婚と出産の順番が、前後してしまうかもしれませんね。……でも、もしも今、このお腹に命が宿ったとしたら……私はきっとうれしいと思います」

未来を誓った彼となら、今この瞬間子どもを授かろうと、後悔するとは思わない。

「俺もだ。君と築く明日が待ち遠しい。が、今は――」

なにかを言いかけて、私の目元にキスを落とす。頰をそっと指でなぞり、唇の端を挑発的に持ち上げた。

「目の前の君に集中することにしよう」

そう甘くささやいて、再び私のナイトウェアに手をかける。

彼の体を抱き留めて、大きく鼓動を昂らせながら、そっと目を閉じた。

第九章　世界一しあわせな家族になろう

事件のあと、ナイトクラブのオーナーは麻薬密売の容疑で逮捕され、自身の会社の代表を解任された。株式会社ビーズタイガーは親会社に吸収合併されることとなった。

もちろん親会社――白虎観光のほうも大きなダメージを被っていた。子会社の代表、しかも血縁者が麻薬の密売に関わっていたとマスメディアで大々的に報じられ、株価が大幅に下落。事業の縮小を余儀なくされている。

ナイトクラブは閉店し、バーなどの施設は売却され、白虎観光はこの街から完全に撤退したと言ってもいい。

一弥さんのお見合い相手だった女性も事件の関与を疑われている。一弥さんの言う通り、義母は縁談をあきらめたようで、あれから私になにも言ってはこない。

それでも、まだ私が認めてもらえたことにはならない。

わだかまりは残ったまま。一弥さんは着々と結婚に向けて準備を進めようとしているけれど、私は少しだけ心苦しさを感じていた。

一月下旬、店にやってきたのは一弥さんと妹の美代莉ちゃんだ。

『花澄お姉さんのお店に行きたい！』と大騒ぎした美代莉ちゃんに、一弥さんが押し負けたと聞いている。

「こんにちは！　わぁ、レトロ！　映《ば》えそう！」

店にやってきた美代莉ちゃんは、さっそく携帯端末にお店の様子を収めている。

ニットのワンピースにもこもこのダッフルコート、ショートパンツにスウェードのニーハイブーツと、眩しいぐらいにかわいらしい。さすがは女子高生。

「いらっしゃいませ。遠いのに、わざわざ来てくれてありがとう」

私がふたりを奥のボックス席に案内しようとすると。

「カウンターでもいいですか？　ねぇ、お兄ちゃんってここに座って花澄お姉さんを口説き落としたんでしょ？　そうでしょ？」

美代莉ちゃんの詰問に額を押さえる一弥さん、思わず赤面する私。兄妹は並んでカウンターに座り、一弥さんは「……すまない」と私に小さく謝った。

「お兄ちゃんのお気に入りは？」

「パンケーキとカフェラテ」

「……じゃあ、私もそれでお願いします」

「無理するな。コーヒーは苦くて飲めないと——」

「お兄ちゃん！　私もう高校生なんだから、コーヒーくらい飲めるわよ」

子ども扱いをされたことがくやしかったのか、美代莉ちゃんはぷりぷりと頬を膨らませる。

「お砂糖とミルクをたくさん入れれば、飲めるんだから」

……どうやら、そこまでコーヒーが得意ではないらしい。

すかさず隣にいた那智くんがメニューを広げて差し出した。

「甘めのモカでも作りましょうか？　コーヒーも入っていますが、チョコレートがベースなので飲みやすいですよ」

生クリームがたっぷりと載ったスペシャルモカの写真を指差して説明する。

「わあ、おいしそう！　これでお願いします」

那智くんがドリンクを引き受けてくれたので、私はパンケーキに取りかかる。

そのとき、店のドアが開きベルが鳴った。ちょうど祖母が町内の集まりを終えて帰ってきたのだ。

「あら一弥さん、いらっしゃい」

「お邪魔しています。この子は、妹の美代莉です」

「あら、かわいい妹さんね。初めまして、花澄の祖母です」

「初めまして、美代莉です」

祖母は一度奥の部屋に引っ込むと、エプロンをつけて戻ってきた。一弥さんがすかさず、神妙な顔で祖母へ切り出す。

「お祖母さん。やはり東京へは来ていただけませんか？」

「あら、そのこと？　ええ、やっぱり私は、この街が一番だから」

春から私は東京に移り住み、一弥さんとひとつ屋根の下で暮らす予定だ。

本当は祖母にも一緒に来てほしいのだけれど、長年生まれ育ったこの街を離れるのは嫌だという。

「それに、このお店も最後まで見届けたいわ」

私が家を出るとともに閉店を予定していたボナールだが、一弥さんに「街の振興のためにもぜひやめないでほしい」と頼み込まれ、春から新装開店することになった。オーナーは引き続き祖母が務めるが、実質店を切り盛りするのは鳳城ホテルズグループが手配してくれた新しいスタッフだ。店を貸し出すかたちに近い。

祖母に肉体的な負担をかけないことが、経営を続ける条件になっている。

「それに、孫たちの新婚生活に入り込むというのもねぇ……」

祖母が苦笑する。

でも、私は祖母の腰痛が心配だし、できることなら一緒に来てほしい。一弥さんも私の気持ちを理解して、祖母を招こうとしてくれているのだ。

「オーナーのことなら心配いりませんよ。うちの母も気にしてくれるそうなので」

那智くんが冷蔵庫から取り出した生クリームを片手に話に入ってきた。

「うちの母はホームヘルパーをやってますから。もしオーナーが動けなくなったら、すぐ介護に来ますよ」

「ありがたいけれど、お世話になることのないように気をつけるわ」

那智くんの実家はここから徒歩五分。那智くんの祖母とうちの祖母は仲良しで、ヘルパーをしているお母さんとも面識がある。

「俺は三月中頃には上京して就職してしまいますけど。母や祖母には腰痛のことを伝えてありますから」

「ありがとう。そう言ってもらえて助かるわ」

那智くんだけではない、この街には祖母と親しくしてくれる人がたくさんいて、私が心置きなく東京へ行けるように後押ししてくれる。

本当にありがたいことだけれど、祖母を置いてひとり東京に行く罪悪感は拭えない。

かといって、結婚するからには、私が東京へ移り住まないわけにもいかない。一弥さんのお仕事は東京がメインなのだから。

「私もできるだけ帰ってくるようにするから」

一弥さんも私の帰省に協力的だ。後押ししてくれている。

「頻繁に顔を見に来ればいい。俺も送り迎えをするから」

「まぁまぁ、ふたりとも。そんなに心配しなくていいのよ」

そんな押し問答を私と一弥さんと祖母の三人で繰り返していたら、美代莉ちゃんは暇になってしまったようだ。

しばらく携帯端末をいじっていたが、生クリームモカのトッピングをする那智くんのことが気になった様子。まじまじと手元を見つめて、ついでとばかりに話しかける。

「就職するんですか？　どんな会社に？」

「出版社ですよ。『レナ・ジャパン・パブリケーションズ』っていう――」

「えええ！」

突如、カウンターに身を乗り出し声を上げる美代莉ちゃん。全員、その声に驚いてぴたりと会話が止まった。那智くんはびっくりして仰け反っている。

「レナ・ジャパン・パブリケーションズって、あのファッション誌『ＬＥＮＡ』を出版してる会社!?」

LENA――女子大生向けのファッション雑誌だ。私も学生の頃は何度か読んだ。モテをテーマに最新コーデやメイクの特集をしたり、カリスマモデルや人気アーティストのコラムなんかを取り扱ったりしている雑誌なのだが――。

「そうですけど……俺は文芸なので雑誌編集ではありませんよ」

「それでもすごいですよ！　どうやったら入社できますか？」

「入社って……あなたは将来、鳳城グループに就職するんじゃないんです？」

「ホテル経営なんて、地味でつまらなそうじゃないですか。ファッション誌の編集者のほうがずっと楽しそうだし」

地味でつまらなそうと言われた一弥さんがぐっと喉を鳴らす。

どうやら美代莉ちゃんの興味は、ホテル経営ではなくアパレルの分野にあるらしい。

「……一弥さんのお仕事は、立派なお仕事ですよ？」

「いや、わかってる、フォローしてくれなくて大丈夫だ……」

一弥さんはそう答えるも、精神的ダメージが大きそうだ。

一方、美代莉ちゃんのハートは、憧れの出版社に就職を決めた那智くんにがっちり摑まれてしまったらしい。私たちが話をしている間も、ずっと那智くんを質問攻めにしていた。

那智くんにメッセージアプリのＩＤを教える美代莉ちゃんを、一弥さんはものすごく嫌そうな顔で睨んでいる。

帰り際、一弥さんは那智くんを捕まえて、こっそりと耳元でささやいた。

「言っておくが、美代莉はまだ十代なんだ。節度を持った付き合いを頼む」

目が怖い。まるで娘の彼氏を牽制するお父さんのようだ。

「え？　や、さすがに俺だって、十代の子に手を出すつもりは……」

たじろぐ那智くんだったが、美代莉ちゃんに「那智さんまたねー」と笑顔を向けられ、困惑しつつも手を振り返していた。


一弥さんと遠距離ながらも交際を続け、二月を迎えた。もうすぐ一弥さんのもとへ嫁ぐことになる。この街で過ごす時間も、あと一カ月半程度。

気がかりなことがふたつ。ひとつは、一弥さんとクリスマスに体を重ねて以来、一度も月経がきていないこと。もう一カ月も遅れており、まさかという思いが頭をよぎった。

確かにあの日、彼は『妊娠させてしまいたい』なんて、冗談とも本気ともつかないことを言っていたけれど……。

いや、まだ決めつけるのは早い。単純に遅れているだけかもしれないし。

とはいえ、さすがにそろそろ心配になってきたので、検査薬でも買ってみようかと悩んでいるところだ。

そして、もうひとつの気がかりは――。

その日、最後のお客さまをお見送りした私と祖母は、閉店作業を始めた。十九時直前、店の看板をしまおうかと考えていた矢先、ドアベルが鳴った。

「申し訳ありません、本日は――」

そう言いかけたところで、入口に立っていた男性を見てハッと息を止める。

手触りの良さそうなコートに、中は品のいいダブルのスーツ。白髪の混じったグレーヘアーと中折れハット。背の高い五十代半ばくらいの男性で、その背格好はまごうことなく一弥さんと同じ遺伝子を持っている。

「一弥さんの……お父さま……」

まさか義母に続いて義父まで訪れるなんて。

彼は「もう閉店か？　ならば、出直そう」そう短く言ってくるりと背を向けるが
「いえ！　大丈夫です、ゆっくりしていってください！」と慌てて引き留める。

祖母はカウンターから出てきて、深く腰を折った。

「花澄の祖母です。孫が大変お世話になっております」

しかし、祖母の表情は硬い。押しかけてきた義母に別れるよう持ちかけられた記憶が新しいせいか、なにを切り出されるのかと警戒しているようだ。

しかし、義父は、ハットを脱いで謙虚に頭を下げた。

「一弥の父です。ご挨拶が遅れて申し訳ありません。どうか息子をよろしくお願い致します」

『息子をよろしくお願い致します』――つまり、結婚に賛同してくれているということだ。前向きな気持ちを示されたことが意外で、私と祖母は顔を見合わせる。

それに、義父は一弥さん以上に寡黙で喋らない人。ちゃんと声を聞いたのは初めてだった。

彼は店内に足を進めながら「息子はいつもどこに座っているんだ？」と尋ねてくる。

「最近はカウンターも多いですが……この店を訪れるようになった最初の頃は、あの一番奥の席でノートパソコンを広げてお仕事をなさってました」

私が答えると、義父は「ここに来てまで、息子は仕事をしていたのか」と小さく苦笑し、席に向かった。

「注文させてもらってもいいか」

「はい、ぜひ」

「息子が頼むものと、同じものを」

「パンケーキとカフェラテです。甘いものはお好きですか？」

「ああ。大丈夫だ、それでかまわない」

義父はコートを脱ぎ、奥の席に座ってテーブルの上で手を組んだ。

世間話を持ちかけようと口を開いたけれど「私にかまわず作ってくれてかまわない」と気を遣われ、カウンターに戻る。そんなさりげない優しさや、控えめで硬派なところも一弥さんに似ているかもしれない。

私はパンケーキを、祖母はカフェラテ――さすがに真冬なのでホットだ――の準備に取りかかる。

息子と同じものをと言われたので、生クリームもチョコレートソースもたっぷりかけ、小瓶に多めのメープルシロップを入れて持っていく。

盛り盛りのパンケーキを見た義父は目を丸くした。

「……息子はずいぶんと甘党なんだな。それを知らない父親というのも、恥ずかしい限りだが」

息子はどうやって食べるかと聞かれたので、そのメープルシロップをたっぷりとかけますと答える。

義父は息子と同じ食べ方にこだわっているのか、シロップの小瓶をパンケーキの上で逆さまにして、たっぷりと滴らせる。

ナイフとフォークで切り分け、ひと口食べて、むっと眉間に皺を寄せた。甘すぎたみたいだ。どうやら義父のほうはそこまで甘党ではないらしい。

「……一弥の実母が作るパンケーキと似ているな。息子は、懐かしんでいたのかもしれない」

ぽつりと漏らした義父に、私は目を瞬かせた。

「そうなんですか……?」

「息子はなにも言わなかったか……さすがに愛する女性に、味が母に似ているなどとは言わんか」

座りなさいと促され、私は義父の正面の席に腰を下ろす。彼は低い声で、ゆっくりと、一弥さんとの間にあるしがらみについて語ってくれた。

「一弥の実母は、あの子が十歳のときに浮気をして出ていってしまった。そのことを一弥は知らない。私が愛想を尽かして追い出したことにしてある」

私はごくりと息を呑む。義父はあえて事実を伏せ、憎まれ役をかって出たのだろうか。本当のことを知れば、一弥さんが深く傷つくだろうと見越して。

「では、一弥さんはお義父さまのことを誤解し続けているのですか?」

「かまわん。私はもともと、一弥には嫌われていた。少し厳しく育てすぎたようだ。今さらどれだけ嫌われようと変わらんだろう」

自分が疎まれることを受け入れているのだろうか。息子さえしあわせであればそれでいいと。なんという愛情、そして自己犠牲の精神だろう。

そして……一途で不器用だ。やっぱりどこか一弥さんと似ている。

「一弥のために新しい母親を連れてきたが、良好な関係は築けなかった。愛想のいい女性ではあったんだが、上辺だけの笑顔など、息子は見抜いてしまったらしい。妹ができれば変わるかとも思ったが、それも浅知恵だったようだ。再婚は失敗だった」

ふと義母の言葉を思い出す。

――『一弥のお母さんになってあげる』っていう契約だけは果たしてあげられなかったわね――

再婚すら、一弥さんのためだったのだろうか。深く目を伏せる義父の姿が痛々しくて見るに堪えない。

「妻は鳳城グループの金を使い込み、あまつさえ外に男を作りやりたい放題だ。息子の結婚にまで口を出し始めた。だが止めようにも、離婚をすれば今度は美代莉が深く傷つくことになる」

美代莉ちゃんの悲しむ顔を想像してごくりと息を呑む。一弥さんだって、妹の涙は望まないだろう。

「私自身は、一弥が愛する女性と一緒になってくれるのが一番だと思っている。妻が失礼なことをして本当に申し訳なかった」

頭を下げられ、「いえ、そんな……！」と慌てて手を横に振って否定する。

「妻は結婚に反対し続けるだろうが、気にしなくていい。ふたりに迷惑はかからないようにする」

――そう、私のもうひとつの気がかり。それは、義母が私たちの結婚に反対したままだということ。

けれど、そこは義父に考えがあるようで、静かに切り出した。

「私と妻は、しばらくの間、海外に移住しようと思う。ふたりの結婚生活の邪魔はさせないように計らおう」

「移住ですか？　でも、お義母さまは会社も経営してらっしゃるし、むずかしいのでは……」

「嫌がるなら、資金援助を差し止めると言うだけだ。アレはうちの金なしではなにもできない」

それだけ言い終えると、再びパンケーキを口に運んだ。三分の二ほど食べたところで「すまない。私には甘すぎた」とギブアップする。

「今日はそれだけ伝えたかった。失礼する」

コートを抱え席を立ちカウンターに向かうと、祖母に一万円札を差し出し、お釣りはいらないと背を向ける。

「お義父さま！」

慌てて呼び止めると、彼はハットを深々とかぶり、こちらにちらりと目を向けた。

「それから。今日私がここに来たことは、一弥には秘密にしておいてくれ」

とことん一弥さんには隠し通そうとする義父。それだけ言い置いて店を出ていく。

素直にすべてお話しすればいいのに……。

もう一弥さんは子どもではない。自ら悪役にならなくても、きっとわかってもらえるだろうに。

それでも、内緒だと言われたからには、私からお話ししていいことではない。

きっと義父は、私に祝福を言いに来てくれたんだ。胸を張って鳳城家の嫁になりなさいと。一弥さんの前では、素直に言えないから。

自身のお腹に触れ、そっと撫でる。この中に子どもが宿っているかどうかは、まだわからないけれど。

きっと一弥さんと素敵な家庭を作る——そう強く誓いながら、私はテーブルを水拭きした。

四月の最初の日曜日。私は一弥さんの住む東京のマンションに引っ越してきた。

高層マンションの二十七階。最高級の設備に贅沢な眺望、部屋の数もたくさんあって広々としている。申し分のない住まいだ。

だが、この部屋の第一印象は『寂しい』だった。

最低限の家具しかなくて、生活感が皆無。入居したてのような空っぽの部屋がふたつもあった。

「こんなに大きなお部屋に住む必要、あったんですか……？」

リビングには、ソファ、テーブル、壁掛けタイプのテレビとオーディオセットなど、大型家具がぽつんぽつんと置いてある程度。ものが少ない上に、収納だけは山ほどあって、棚の中はスカスカ。片付けやすそうでありがたい限りだ。
どうやら一弥さんは、物に執着を持たないタイプらしい。

「正直、リビングだけで生活できそうだ。ソファがあればベッドもいらない」

「……それなのに、どうしてこんな大きなマンションに？」

「とにかく便利なんだ。ジムやプールもついているし、食事も併設のレストランでデリバリー可能だ。クリーニングや宅配はもちろん、病院もマンション内に入っている。この建物の中だけで生きていける」

「結構出不精だったりします？」

「利便性重視だ」

まぁ、立場上、時間に追われた生活をしているのだろう。
それにしても、本当にシンプルな部屋だ。彼の趣味が見えてこない。

「お休みの日とかって、なにされてます？」

「君に会いに行っている」

「……他には？」

「強《し》いて挙げるなら、運動だな。プールもよく行くし、ランニングもする。無心で汗を流すのが好きなんだ」

なるほど、それであの体か……と一弥さんのお腹のあたりを見つめ頬を赤らめる。

あえて口にしたことはないけれど、脱ぐとすごいことはよく知っていた。

「この部屋が気に入らない？」

「いえ、そういうわけじゃないんです。あまりに生活感がなくて驚いただけで」

「出張も多いし、寝るために帰ってくるようなものだったから。もちろん、今後はなるべく帰るようにする」

君が待っていてくれるのだからと、不意に優しい目を向けられドキリとする。

「それに――」

そっと私の前で跪いて、お腹に耳を当てた。以前よりほんの少しだけふくよかになったお腹を撫でて、その中に向かって語りかける。

「待っていてくれるのは、花澄だけじゃない。お腹の中にいる君もだ」

月経が来なかったのは、たまたま遅れていたわけではなかった。病院へ検査を受けに行ったときには、すでに妊娠三カ月になっていた。

今は四カ月目――あと少しで安定期だ。ほんの少しだけれど、胎動も感じられるようになってきた。

「新居の手配が間に合わなくてすまない。出産や子育ては戸建てがいいと思ったんだが……」

「ここで充分ですよ」

「子どもは広い庭で走り回りたいものだろう？」

もう彼は子どもが産まれたあとのことを考えているらしい。まだ性別すらわからないのに。

「……ちなみに一弥さんが想像してる庭で走り回っている子どもって、男の子ですか？　それとも女の子ですか？」

「両方。なんなら、三人ぐらいいる」

「……これからちょっとずつ考えていきましょうか」

まだひとりめも生まれていないのに早くも三人めを考えていただなんて。一弥さんの中にある壮大な家族計画をやんわりとなだめた。

「今はとにかく、私と一弥さんが一緒にいられることが大事だと思うんです」

もちろん妊娠はうれしいことだ。でも、こんなにスムーズに子どもを授かるなんて思っていなくて、準備が間に合わなかったのも事実だ。

戸建ての物件を用意するために引っ越しを延期しようという案も出たけれど、時間をかけて場所を選ぶより、いち早く家族が揃って生活をするほうが大事だと思った。

お腹の中の赤ちゃんだって、毎日お父さんの声を聞きたいだろう。

「これがお父さんの声だって、早く覚えてもらいたいですし」

お腹をさすりながら言うと、彼はふむと考え込んだ。

「まぁ、聴覚が発達するのは、もう少しあとだと思うが」

思わぬところで水を差され目を丸くする。

けれど、一弥さんは優しい声で私のお腹に向かって語りかけた。

「それでも、音が振動として体に伝わっているかもしれない。安心できる響きだと、感じてもらえるといいな」

お腹の赤ちゃんは、私たちの声の振動を羊水の波に揺られながら感じ取っているかもしれない。きっと心地よい響きだと感じてくれるだろう。

「とにかく、今はこの荷物をどうにかしなくては」

一弥さんが山積みの荷物の前で腕を組んだ。

転居一日目。空いていた一室に、私の私物の詰まった段ボールや衣装ケースを運び込んだ。これから少しずつ、荷解きをしていくのだ。

「一弥さんが会社に行っている間に片付けていくので大丈夫ですよ。とりあえず今は、必要な分だけ取り出せれば」

そう言って衣装ケースをクローゼットの前に運ぼうとすると。

「こら、花澄。どうして君はそうやって無理ばかりしようとするんだ」

すかさず一弥さんが衣装ケースを受け取り運んでくれる。

「それくらい、大丈夫ですよ。たいした重さじゃありませんし」

「君はそうやって、店でも重たいものを運んでいたそうじゃないか」

私はうっと言葉に詰まる。妊娠に薄々感づいていた頃、祖母や那智くんにはなにも報告せず、普通に仕事をこなしていたのだ。

あとあと「どうしてもっと早く言わないのか！」とふたりに怒られたのだが——その話がいつの間にか一弥さんにまでしっかりと伝わっていた。

「せめて安定期までは、箸より重いものは持たないでくれ」

「一弥さんってば、大袈裟」

「くれぐれも掃除機をかけようなんて考えないでくれよ」

「えっ……掃除機は……かけますよ……」

でないと、一弥さんがお仕事へ行っている間にやることがなくなってしまう。当面の私のお仕事は、荷解きと掃除、洗濯、炊事だ。

「私、しばらく主婦になるんですから、お仕事を禁止されては困ります」

「妊娠中に頑張らなくたって……」

「でも、一般的に産休を取るのは九カ月を過ぎたあたりですし、それまではみなさん普通に働いていますよ」

真っ向から反論すると、一弥さんはぴくりと目元を引きつらせた。一見怒っているようにも見えるけれど、このリアクションはたじろいでいるのだと思う。

「私は特に体調に問題があるわけではありませんし、医師からも普通に生活してくれてかまわないと言われているので、できることはしたいと思っています」

彼、一弥さんと一緒にいて、わかったことがある。

とても過保護だ。そして強情だ。納得させるには理論が必要だ。

「それに、一弥さんが一生懸命頑張っているのに、私だけなにもせず待っているなんてしたくありません。そちらのほうがよっぽど精神衛生上、悪いと思いませんか？」

理論派とはいえ、情がないわけではない。最後は心で訴えると、あっさりと納得してくれたりする。私を縛り付けたいわけでも、意見をないがしろにしようとしているわけでもないのだ。

「……そうだな。そうやって君を大事にするあまり、安全な場所に閉じ込めてしまおうとするのは、俺の悪い癖だ」

案の定、彼は思い直してくれる。彼の扱い方がわかってきて、ちょっぴりうれしい。

「軽量式のハンディクリーナーを買ってくる」

そう来たか！　と私は目を瞬かせた。まぁ、それはそれで便利かもしれないから、彼の好意に甘えることにする。


その日の夜。

今日から、同じ寝室、同じベッドで眠るのだと実感して緊張してきた。これから毎日、同じ毛布の中に彼がいる。そう考えるだけでドキドキしてしまう。

「重たくはないか？」

私を抱き寄せながら、とにかく気遣う彼。お腹に負担がかかってはいけないと神経質になっているのかもしれない。私も、彼にとっても、初めての妊娠だ。

「眠っている間、苦しかったら蹴飛ばしてくれてかまわないからな」

「大丈夫ですよ。それに、一弥さん、とっても寝相いいから。潰されることはないと思います」

彼はいつも体を真っ直ぐにして、死んだように眠る。いびきもかかないし、口を開けたりもしない。美麗な彫刻にでもなってしまったかのようで、ついつい息をしているか、鼻の前に手を出して確認してしまうくらいだ。

そんなことをしていると、だいたい彼はパカッと目を開けて「眠れないのか？」と再び私を抱き寄せて眠りにつく。しばらくすると、腕が解け、また彼はツタンカーメンのように真っ直ぐになって眠るのだ。

「そんなに気を遣っていたら、疲れてしまいますよ。いつも通りぐっすり眠ってくださいね」

私が微笑みかけると、彼は困ったように眉を下げ苦笑した。

「経営学なら山ほど学んできたのにな。肝心な妊娠した妻を気遣う方法がわからない」

「誰だって最初はそうですから、安心してください」

思わず私もクスクスと笑ってしまう。やっぱり一弥さんって不器用だ。でも、すごく真面目。

「考えるより、私を観察した方が早いと思いますよ。今、私がなにを考えているか、わかりますか？」

思わせぶりに、冷えたつま先をぴとっと彼の脚に当てる。

「冷たいな。寒いのか？」

私はふるふると首を横に振る。寒いわけじゃない。でも温めてほしい。つまり、甘えたいのだ。

「正解は『抱きしめて』です」

「……なるほど」

求めに従い、彼は手に力を込める。私を抱きすくめながらも、お腹は潰れてしまわないように、優しく。

たったひとつの行動の中にも、たくさんの気遣いが込められている。

「……いろいろと考えてしまうんだ。子どもが産まれたら、どんなことを教えていくべきか、とか……」

一弥さんが穏やかな声で切り出す。

「俺が子どもの頃は、とにかく塾や習い事をたくさんさせられた。幼稚舎の帰り道、車の中から他の子どもたちが公園で遊んでいるのを羨ましく眺めていた。家で俺を待っていたのは、家庭教師と分厚いドリルだ」

懐かしむように、でもくやしさを滲ませながら、昔話をしてくれる。

そういえば義父は、厳しく育てすぎて一弥さんに嫌われたと言っていた。

一弥さんは、本当はもっとたくさん遊びたかったのだろう。他の子たちと同じように、公園を駆け回って。大人になった今でもそのくやしさが胸に残っているようだ。

「そんなかわいそうな子どもには、絶対に育てるまいと思っていた。だが、今は、父がなぜ俺にそんなことを強いたのか、わかる気がするんだ」

心なしか、彼の声が柔らかくなった。彼の胸に顔を埋めながら、黙ってその言葉に耳を傾ける。

「自分がしてきたことと、同じことをさせてやりたい。自分ができなかったことも、させてやりたい。……そんなことをしたらパンクするのはわかっているんだが」

「……子どもの将来に期待しているんですね」

「そうだな。しっかり育てなければという父親としての責任も感じている。将来つらい思いをさせたくはないからな」

愛情を注げば注ぐほど、すべてを与えてやりたくなる。でも、それが結果的に子どもを縛りつけることにもなる。その匙《さじ》加減に、きっと一弥さんは悩んでいるのだろう。

「父は、俺を息子ではなく、後を継がせるための道具と思っていたのだろうと疑わなかった。だが、最近は思うんだ。今の俺のように、悩んでいたのかと……」

「お義父さまに聞いてみたらいかがですか？」

「今さらか？　さんざん邪険にしていたのに？」

プライドが邪魔をしているのか、そんなことできないとため息をつく。けれど私は顔をあげ、じっと彼の目を見つめて説得する。

だって私は知っているのだ。義父が、どれだけ息子を大切に思ってきたかを。彼さえ一歩を踏み出せば、ふたりの距離はぐっと近づく。

「チャンスは、今しかないかもしれませんよ？　それに、産まれてくる子も、パパとおじいちゃんが仲良しじゃなかったら、悲しいと思うんです」

子どものためと言われ、彼はうっと唸る。

「……考えておく」

苦い顔で言葉を濁して目を閉じた。たぶん一弥さんは、文字通り、ものすごく深く考えるだろうと思う。


五月になり、気温が温かくなってきた。妊娠六カ月、お腹はぽっこりと膨らんでいる。安定期に突入したことを受けて、一弥さんは家族を集めて会食をしようと提案してくれた。

場所は一弥さんのお祖父さまが住む豪邸。昔は鳳城家の別荘として使われていた建物らしい。私と祖母が住んでいた海沿いの街からそう遠くない場所にある。

一弥さんが街の開発に力を注いでいたのは、この地に住む祖父のためでもあったようだ。そういえば、この地を祖父に託されたと言っていた。

一弥さんの運転で喫茶店に向かい、祖母を乗せたあと、丘の上にある豪邸に向かって車を走らせた。

「私までお招きいただいてすみませんね」

私と一緒に後部座席に座る祖母が、運転席の一弥さんに向けてお礼を言う。

「いえ。こちらこそ、いらしてくださってありがとうございます。腰のお加減はいかがですか?」

「最近は調子がいいんです。そんなに気を遣ってくださらなくて大丈夫ですよ」

ボナールは、新しく雇ったスタッフ三人が中心になって回してくれている。祖母はたまにひょっこりと店に顔を出し、常連さんにご挨拶する程度で、のんびりと過ごしているそうだ。

一弥さんは運転に集中しつつ、バックミラーで私と祖母に目線を送る。

「そういえば、うちの祖父は以前、よくボナールを訪れていたそうです。若い頃はこの近辺に住んでいたそうで」

「そうなんですか?」

祖母は驚きに目を丸くする。もしかしたら、まだ私が生まれていなかった頃に、一弥さんのお祖父さまを接客したことがあったかもしれない。

「祖父が若い頃の話なので、かなり昔ですが。もしかしたら、お祖母さんの前の代の方がお店を経営していたときかもしれません」

一弥さんの言葉に、私が口を挟む。

「でも、ボナールって、確かおじいちゃんとおばあちゃんが結婚して作ったお店なのよね？　接客したとしたらふたりのどちらかじゃない？」

私が確認してみると、祖母は「そうね。正確には少し違うのだけれど……」と言って目を閉じた。

「ボナールはおじいちゃんが作ったお店で、開店当初、私たちはまだ結婚していなかったの。私はただの従業員だったわ」

その話は初耳だった。とはいえ、店長の祖父と店員の祖母で店を切り盛りして、やがては夫婦になったわけだから、ふたりで作り上げたことに変わりはないだろう。

「鳳城財閥の方なんていらっしゃったことがあったかしら……」

財閥のご子息なら、きっと身なりがよく身のこなしも美しいだろうから、印象に残るはずだ。まさに一弥さんが私の印象に残ったみたいに。

けれど、一弥さんは「いえ」と言ってかぶりを振った。

「祖父は婿養子なんです。ボナールに通っていた当時は、財閥の人間ではなかったと思います」

その当時、財閥のような高貴な家柄で跡取りに実子ではなく婿養子を据えるのは珍しいのではないだろうか。

祖母は驚いたようで「え……」と声を漏らしている。

「祖父は、一般家庭に生まれましたが、腕を見込まれ、大手の建築会社の上級職として働いていたそうです。その建築会社が鳳城グループと合併するにあたり、祖父は鳳城家の婿養子になったのだとか」

「そう……でしたか……」

祖母は笑顔を浮かべながらも、どこか複雑な顔で頷く。

「つまり、政略結婚ということですか？」

私が尋ねると、一弥さんは「まぁ、そういうことになるな……」と苦い顔をした。

「家や会社のために結婚したとは聞いている。だが俺の前では祖父母は仲がよかったし、最終的には愛のある結婚になったのではないかと思う」

意にそぐわない政略結婚——でも、やがて愛が芽生え本物の夫婦となれた。それはそれで、ひとつの夫婦のかたちだ。

「もう着く。そこに見える白い建物がうちの別荘――いや、現在の祖父の住居だ」

小高くなった丘の上、木々の合間から白亜《はくあ》の城ともいうべき豪邸が見えた。

近代的な建物ではあるが、どこか懐かしい構造をしていて優美だ。玄関の脇にある円形にせり出した部屋はボールルームのよう。ロートアイアンでできた鉄門や外灯がエレガントさを演出している。

「素敵なお家ですね。この大きなお家に、お祖父さまがひとりで？」

「使用人を何名か雇っている。脚が悪いから、介助が必要なんだ」

大きな鉄門の前に車を止めドアフォンのチャイムを鳴らす。すぐに鉄門は開き、一弥さんは車を玄関前の広場へと走らせた。

前庭にはすでに一台の車が止まっている。黒くて艶やかなフォルムをした高級車だ。

「どうやら父と美代莉はもう到着しているらしい」

会食に出席してくれたのは、義父と美代莉ちゃんのふたりだけ。そこに義母の姿はない。結局、一弥さんのご両親は離婚の道を選んだのだ。

義父は一緒にロンドンへ行ってやり直そうと提案したが、義母は日本を離れたくないと断固拒否したらしい。資金援助を差し止めると警告しても、義母は提案を拒み続け、最終的には離婚の道を選んだそうだ。

義母の頭の中には、鳳城家と関係を絶ち切って、白虎観光の社長のもとへ転がり込もうというプランがあったのではないかと一弥さんは話していた。

しかし、子会社の不祥事が尾を引いていた白虎観光は、資金援助をする余裕などなかったようだ。義母の経営する企業は倒産に追い込まれた。

今は無茶な経営からは足を洗い、離婚時の財産分与で得たお金でひとり細々と暮らしているという。

美代莉ちゃんは、もともと母はあまり家にいなかったし離婚をしてもたいして変わらないから、とドライに受け止めているそうだ。もしかしたら、母親が不倫をしていることに気づいていたのかもしれない。

義父の車の横に並べるように停車させ、私たちは揃って車を降りた。

いつの間にか玄関の前に使用人が立っていて「ようこそお越しくださいました」「お荷物をお預かりいたします」と丁寧に迎えてくれる。

玄関ホールを入ったところに、杖をついたご老人――いや、紳士が立っていた。

質の良い襟付きのベストとタイ、きちんと整えられた白い髪、杖に体重をかけながらも、背筋はすっと伸びていて、威厳漂う眼差しをこちらに向けている。

面影が、どこか一弥さんと似ていた。

「紹介します。こちらが祖父です。お祖父さま、妻の花澄と、そのお祖母さまです」

「初めまして、花澄です。ご挨拶ができて光栄で……す……？」

腰を折って挨拶をするが、気がつけば、義祖父の視線は一心に祖母を捉えている。対して祖母は口元を押させ、呆然と立ち尽くしていた。

「……驚いた。こんなところで再び会えるとは」

義祖父の言葉に、祖母は「ええ、本当に……」と震えた声で答える。

「やはり、お知り合いだったのですか？」

一弥さんも驚いた様子で、ふたりを代わる代わる見ているが、見つめ合うふたりの視界に私たちは入っていないようだった。

話を聞く限り、彼がボナールに通っていたのは五十年以上前のことだろう。

こんなにブランクがあって見た目もとても変わっているだろうに、ひと目見てわかり合えるなんて。よっぽど記憶に残っていたのか、それとも……。

「……あれから一度だけ。様子を見に伺ったことがありました」

義祖父がゆっくりと口を開いた。目尻にくしゃっと皺を寄せ、穏やかな眼差しで祖母を見つめている。

「あなたと、店長と、生まれたばかりのお子さんが、しあわせそうに歩いている姿を拝見しました」

祖母のことを陰ながら見守っていてくれたのだろうか。私と一弥さんも驚いて、顔を見合わせる。

義祖父の言葉に、祖母は緊張が解けたようだった。ゆっくりと頷き「ええ」と柔らかく微笑む。

「とてもしあわせでした。娘も、かわいい孫も授かることができましたから」

祖母の手が私の背中を押し出す。これがしあわせの証ですとでも言うように。義祖父は安堵したように息をついた。

「ええ。私もとてもしあわせな人生でした」

遠い昔、ふたりの間でなにがあったのかはわからない。

だが、時を経て再会し、しあわせだったと報告し合う姿は、まるでそれぞれの人生が間違いではなかったと証明し合っているかのようだ。ふたりが必死に生き抜いた先に、私や一弥さん、そしてお腹の子の人生がある。

「お祖父さま、足がつらいのでは？」

手を差し伸べようとした一弥さんを制し、「ああ、すまない」と義祖父が杖をつく。

「……こんな場所に長居させては失礼ですね。さぁ、どうぞ中へ。私の息子と孫娘が客間にいます」

ゆっくりとした足取りで、玄関ホールの右手にある客間に私たちを案内した。

外から見るとボールルームのように見えたあの部屋だ。円形にとられた窓からは陽がさんさんと差し込んでいて、庭に春の花々が咲き乱れているのが見える。

部屋の中央に長方形の大きなテーブルがあり、片側の列に義父と美代莉ちゃんが座っていた。

「花澄お姉さん、お久しぶりです。うわぁ、お腹が大きい！」

屈託のない笑顔で美代莉ちゃんが駆け寄ってくる。前回会ったときから半年も経っていないのに、もうお腹が大きくなっていて驚いたのだろう。

「そうだ！　いろいろお祝いを持ってきたんです！」

よく見ればテーブルの脇にギフトボックスの山ができていた。

ひとつひとつ美代莉ちゃんが説明してくれる。人気ブランドのマタニティウェア、妊娠線防止のアロマジェルクリームに、お腹が大きくなったとき楽な姿勢をサポートしてくれる快眠ふわふわ抱き枕、産後の体型をケアするための骨盤矯正ガードル――と早くも産後のケア用品まで入っている。

「こ、こんなに買ってくれたの⁉」

「本当は一緒に買いに行きたかったんですけど、さすがにお腹の大きい花澄お姉さんを歩き回らせるわけにはいかないと思って。でも私ひとりじゃ、妊娠のことなんて全然わからないから――」

それはそうだろう、美代莉ちゃんはまだ十代の学生さんだ、妊娠なんて考えたこともないだろうし、知識もほぼゼロのはず。では、これらのマタニティグッズの情報をどこから仕入れたのか。

「仕方がないから、買い物は那智さんに付き合ってもらったんですけど――」

「え？」「は？」

私と一弥さんの素っ頓狂な声が重なる。あの寡黙な義父がすうっと視線を美代莉ちゃんに向けて、静かに問いただした。「そいつは、男か？」と。

「だって、同級生にマタニティグッズを聞いたってわからないでしょ？　他に詳しそうな人もいないし」

「いや、彼だって詳しくはないだろう。男なんだから」

「……男なんだな？」

一弥さんと義父が美代莉ちゃんに詰め寄る。その姿がなんだかそっくりで、私は口を挟むこともできず三人の様子を見守った。

さすがの美代莉ちゃんも面倒なことになると察したらしい。これ以上は言うまいと口を噤む。ふたりのやり取りを見ていた義祖父が「よく似た親子だ」と感慨深くつぶやいた。

席に向かう私を一弥さんはすかさずエスコートする。「足元に気をつけて」とフローリングとカーペットのわずかな段差にまで気を配ってくれた。

「お兄ちゃんったらさすがー」と冷やかす美代莉ちゃん。

「やはり親子だな」

義祖父は懐かしむように目を細くした。義父のほうは心なしかギョッとした目をしている。

「一弥がお腹にいるときも、お前はかいがいしく嫁の世話を焼いていたな。『箸より重いものを持つな』だったか？　まったく過保護すぎて笑ってしまったよ」

どこかで聞いたことのある台詞に、私も一弥さんも目を丸くする。

「一弥が生まれてからは、たいそうな親バカだった。まだ三歳なのにひらがなが読めたと騒いでいたな。足し算を教え込んでは、息子は天才だと吹聴《ふいちょう》し、五歳になったら帝王学を教えるのだと張り切って――」

「……お父さん。そろそろやめていただけますか」

義父が恥ずかしそうに父親の昔話を制止する。

私と一弥さんはポカンとしていた。聞いていた話と全然違う。スパルタ教育だとは言っていたけれど、そういうこと……？

「お父さんって、本当はお兄ちゃんのことが大好きなのね」

美代莉ちゃんがさらりと言いのけてとどめを刺す。横で聞いていた祖母は、クスクスと笑っている。

「優しい息子さんに育ったのですね」

「だが、溢れんほどの愛情を持っていても、本人に伝わらないのではな」

義祖父は嫌味のように深いため息をつく。当の息子――義父は苦虫をかみ潰したような顔をしていたが、言い訳のように反論した。

「……伝わらなくてよいのです。愛情なんて、見返りを求めるようなものではないのですから」

一弥さんは……唖然《あぜん》としたままなにも答えなかった。生まれて三十二年、初めて親からの愛情を思う存分感じているのかもしれない。

「親に似るのはかまわないが、そんなところまで似なくていいぞ」

義祖父の念押しに、一弥さんはただひと言「……わかりました……」とあきらめたように口にした。


会食の帰り道、祖母を喫茶店まで送り届け、私と一弥さんは車に乗り込んだ。

「疲れていないか？　もし体がつらければ、シーフェニックスホテルに一泊してもかまわないが――」

「大丈夫ですよ。座っているだけですから」

後部座席には、美代莉ちゃんからもらったたくさんのプレゼントが積まれている。

バックミラーを覗いてクスリと笑うと、一弥さんもつられたように笑顔になった。

「ずいぶんと騒がしい会食だったな。正直、こんなことになるとは思わなかった」

ムードメーカーの美代莉ちゃんがはしゃいでいたのはもちろん、寡黙な義父も今日はよく喋っていた。義祖父は祖母と昔話に花を咲かせていたし、想像以上に賑やかな会食となった。

「お義父さまとのわだかまりは解けましたか？」

「……そうだな……世間話くらいはした。解けたと言えば、解けたかな」

私が美代莉ちゃんと庭を散歩している間、一弥さんは客間で義父と話をしているようだった。これまで腹を割って話すこともなかっただろうから、大進歩だ。

「それから、仕事のことも少し。このエリアの開発を、自治体と共同で進めていると報告した。父も祖父も喜んでいたな」

シーフェニックスホテル周辺のリゾート開発は、順調に進んでいるようだ。新たなアクティビティの建設はもちろん、近隣の個人商店が協力してくれたことも大きい。『古きよき街』をテーマに、文明開化時代のレトロでクラシカルな景色を再現させようと、街全体が団結している。きっとホテルの稼働率も上がるだろう。

「それから、どうやら唯志さんが俺の近況を父親に報告したらしい。最近、表情に温かみが出てきてコミュニケーションが取りやすくなったと。君の影響だろうと言っていた」

「私の?」

「夫婦は似るからと。父も、今の俺を見ていると安心すると言っていた。これまでは心配だったようだな。失礼な話だ」

彼の言葉にクスクス笑う。義父も心配性だから、これまで一弥さんをハラハラしながら見守っていたのだろう。

「でも、お義父さまともちゃんとお話しできてよかったですね」

「……全部、花澄のおかげだ」

「私？　なにもしてませんけど」

「君が言ったんだぞ？　パパとおじいちゃんは仲良くしてほしいだろうって」

あ、と私はお腹を眺める。一弥さんはこの会食を、立派な父親になるためのステップだと考えていたのだろう。

「……父も父だ。もっとわかりやすい態度を取ってくれればいいのに。あの父に似ていると言われるのは心外だな」

「一弥さんはお父さまにそっくりですよ」

「……複雑だ」

苦い顔でハンドルを握る。父親の愛情はたっぷり伝わっているはずだ。一弥さんも、今さら恥ずかしくて素直になれないのだろう。

「大丈夫です。一弥さんは、いいお父さんになりますから」

父親の愛を自覚した彼は、自分の子どもにもたっぷりと愛情を注げるだろう。

私の言葉に、彼はちらりと助手席に目線をよこして、口元を緩めた。

「ありがとう」

これまでよりずっと自然で柔らかな笑み。彼の内面が変わり始めた証拠だ。

笑顔は作るものではない、しあわせなら、自然とそうなってしまうものだから。

「必ず、いい父親になる。だから、花澄」

信号の合間に、私の頬に手を伸ばす。顔を近づけて眩しいくらい凛々しい笑顔を見せてくれる。

「安心してその子を産んでくれ。世界一しあわせな家族になろう」

彼の表情がどんどん父親らしくなっていく。

膨らんだお腹を撫でながら、頑張って大きくなってねと話しかけた。

エピローグ

リビングのプレイマットの上。むちむちとした赤ちゃんがハイハイしている。

最近はつかまり立ちもできるようになって、ますます目が離せない。

手の届くところには物を置かないようにして、コンセントの差し込み口にもすべてキャップをつけた。好奇心旺盛《おうせい》な男の子、悪戯されては大変だ。

「花澄、見てくれ。この積み木の家、一桔《いっき》がひとりで作ったんだ」

キッチンから顔を覗かせると、絶妙なバランスで積み木が四つ重なっていた。てっぺんには三角の積み木。屋根に見えなくもない。

「将来は建築家かもしれないな……」

思わず苦笑してしまう。一弥さんも父親と同じ道を辿りそうだ。教育が厳しくなりすぎないように注意してもらわなければ。

すでに一桔の興味は積み木にないらしく、歯がため用のトイにかぶりついている。

「一桔を見てくれてありがとう。離乳食のストック、作り終わったよ」

平日はのんびり食事を作っている余裕がない。まだ生後九カ月の息子は、ひとりにすると一分ともたずに泣いてしまう。かといって、ずっと背中におんぶしていると、あせもができてしまうだろう。

だから休日、一弥さんが一桔を見てくれている間に、一週間分の食材を切って冷凍保存しておくのだ。そうすれば、ひとりで子育てしているときも手早く調理ができる。

「お疲れさま。おいで花澄」

キッチンから出ると、一弥さんが私の手を引いてプレイマットの上に座らせた。

一桔の意識がトイに向かっている間に、私の背中に回り込み、肩を揉んでくれる。

「たまには君も休まないと」

「大丈夫よ。一弥さんこそ休んで。外で働いているんだから――」

「俺は平気だ。君なんて、二十四時間労働じゃないか」

一桔は三、四時間程度の細切れの睡眠を繰り返す。やっと寝かしつけたかと思えば、私が眠りにつく頃、パカッと目を覚まして泣きだしてしまう。

二十四時間対応、睡眠不足との闘いだ。

「もっと楽をしてもいいんだぞ？　でき合いのものを買えば、もう少し負担が減るだろう」

「でも、せっかくだから手作りを食べてもらいたいし」

「それで花澄が倒れたら本末転倒《ほんまつてんとう》だ。一桔がもっと悲しむ」

「でもね、でき合いのものって、塩分が強かったり保存料が含まれていたりするし、歯ごたえだって――」

「わかったわかった。花澄のこだわりはよーくわかったから、落ち着くんだ」

一弥さんは寝不足で興奮状態の私をたしなめてクスクス笑うと、私の肩を引いてうしろから抱き支えた。そっと目の上に手を置き、暗闇を作る。

「一桔も大事だが、花澄も大事だ。ゆっくり休んでくれ」

視界を塞がれ瞼を閉じると、途端に眠気に襲われる。

「確かに俺は、いい父親になりたいと言った。だが、それ以前に、いい夫でもありたいんだ。花澄をしあわせにできなきゃ意味がない」

ちゅっと甘い音がして、額に温かなものが触れた。ゆっくりと目を開けると、そこには優しくて、でも逞しくて、凛々しい彼の顔があって。

「それに、花澄が子育てをつらいと感じたら、ふたりめを産んでもらえなくなる」

「もうふたりめの算段？」

「呆れたか？」

「いいえ」

一弥さんとの家族計画。考えるだけでしあわせだ。

結局彼は都内に戸建ての家を建てようとしていて、庭には公園のような大きな遊具を置こうかなんて企んでいる。

お仕事は忙しいけれど、時間を見つけて子どもを見てくれる。私の睡眠時間の確保にも協力してくれるし、一桔をお散歩にも連れていってくれる。

おむつ替えだって手慣れたものだ。今のところ、文句なくイクメンである。

「一弥さんの家族計画は、三人必須なんでしょ?」

「何人でもかまわないよ。花澄が笑顔でいてくれるなら」

私の髪を優しく梳く彼は、まるで眠りの魔法をかけているかのよう。気持ちがよくて、意識がふわふわしてくる。

やがて一桔がトイに飽きたのか、泣きそうな声を出しながらこちらへやってきた。

『ママ、起きて』と言っているのだろう、「あぅあぅ」と喃語《なんご》を口にしながら、私の頬をぺちぺち叩く。

一弥さんは近くのクッションを私の頭の下に敷いて、なだめるように一桔を抱きかかえた。

「一桔。ママは休憩だ。おやすみのキスをしてやってくれ」

ぺちょ、と右頬に生温い感触。一桔のぷるぷる唇だ。

そして反対の頬にはチュッという甘いキスが落ちてくる。今度はお父さんのほう。両側からキスをもらって、思わずふふっと笑みをこぼす。パパからも息子からも愛されて、ママはしあわせいっぱいだ。

「だから、今はゆっくり休んでくれ」

一弥さんの気遣いに甘えて、私は目を閉じる。すぐさま睡魔はやってきて、私の意識を連れ去ろうとする。

頭の上のほうから、一弥さんと一桔の楽しそうな声が響いてきた。

とてもしあわせな微睡《まどろ》みだ。しかも、これは夢ではなく現実。

目が覚めたとき、優しくて頼もしい夫と、まだ小さくて愛らしい息子がそこにいて、「ママ、おはよう」と私を現実の世界に迎え入れてくれるだろう。

END

あとがき

こんにちは、伊月《いづき》ジュイです。『冷徹社長と子づくり婚～ホテル王は愛の証が欲しくてたまらない～』をお手にとっていただき、ありがとうございます。

マーマレード文庫四作目、これまではオフィスラブをお届けしてきましたが、今回の舞台はカフェ、そしてリゾート。今までとは一風変わったテーマとなりましたが、いかがだったでしょうか？

前回はズボラなダメ男（？）を書かせてもらったんですが、その反動か、今回は究極の誠実男（そして不器用……）となりました。

特に物語の前半は、一弥に笑顔禁止、冗談禁止を課し、とにかくカタブツ道を突き進んでもらいました。書いている途中で、これ恋愛に発展するかな？　と少々不安になりました（笑）。

たまに一弥の語りのターンで溺甘な心境が漏れてきたりするんですが「え、そんなこと考えてたの？」とびっくりしていただけたのではないかと思います。

心の中は情熱的なんですが、外に出にくく。振り返ってみると、結構な曲者《くせもの》ヒーローですね……。

物語のラストでは、主人公たち以外の恋愛模様も描いてみたり。

那智は一弥を邪険にしつつも、実はいいパスをたくさん送っていたりするので、ご褒美ということで。しあわせになってもらいたいなと、恋を予感させる終わり方にしてみました。

おばあちゃんも、一見悲恋のように見えるのですが、紆余曲折《うよきょくせつ》の中で摑んだしあわせがあり……。いろいろなかたちのハッピーエンドを描けたらなぁなんて思いながら書きました。ほっこりしていただけたら幸いです。

最後に、出版にあたりお世話になった担当編集さま、ハーパーコリンズ・ジャパンのみなさま、本当にありがとうございました。

表紙を描いてくださったのは大橋《おおはし》キッカ様。リゾートならではのラグジュアリーなふたりを描いていただけてうれしいです。乱れ前開きシャツ、好きです……！

そして、ここまでお付き合いくださったみなさまが、どうか楽しい時間を過ごせていますように。またお会いできるとうれしいです。

伊月ジュイ

マーマレード文庫

冷徹社長と子づくり婚
～ホテル王は愛の証が欲しくてたまらない～

2021年4月15日　第1刷発行　定価はカバーに表示してあります

著者　伊月ジュイ　©JUI IZUKI 2021
編集　株式会社エースクリエイター
発行人　鈴木幸辰
発行所　株式会社ハーパーコリンズ・ジャパン
東京都千代田区大手町1-5-1
電話　03-6269-2883（営業）
0570-008091（読者サービス係）
印刷・製本　中央精版印刷株式会社

ISBN-978-4-596-41569-1

m a r m a l a d e b u n k o